国家出版基金项目
NATIONAL PUBLICATION FOUNDATION

「中国精神」我们的故事

讲诗的女先生
—— 中国古典诗词专家叶嘉莹的故事

李炳银 主编

江胜信 著

希望出版社

中国精神出版项目编写委员会

（排名不分先后，以姓氏笔画为序）

王　琦	田俊萍	纪红建	江胜信
许　晨	张　平	沙志亮	李炳银
余　艳	武志娟	孟绍勇	赵　雁
郝敬堂	唐　哲	韩海燕	谢琛香

2016年9月10日教师节当天,南开大学幼儿园的小朋友们来到九十二岁高龄的文化学者叶嘉莹先生的处所——迦陵学舍,为叶先生送去节日祝福。(南开大学幼儿园/照片提供)

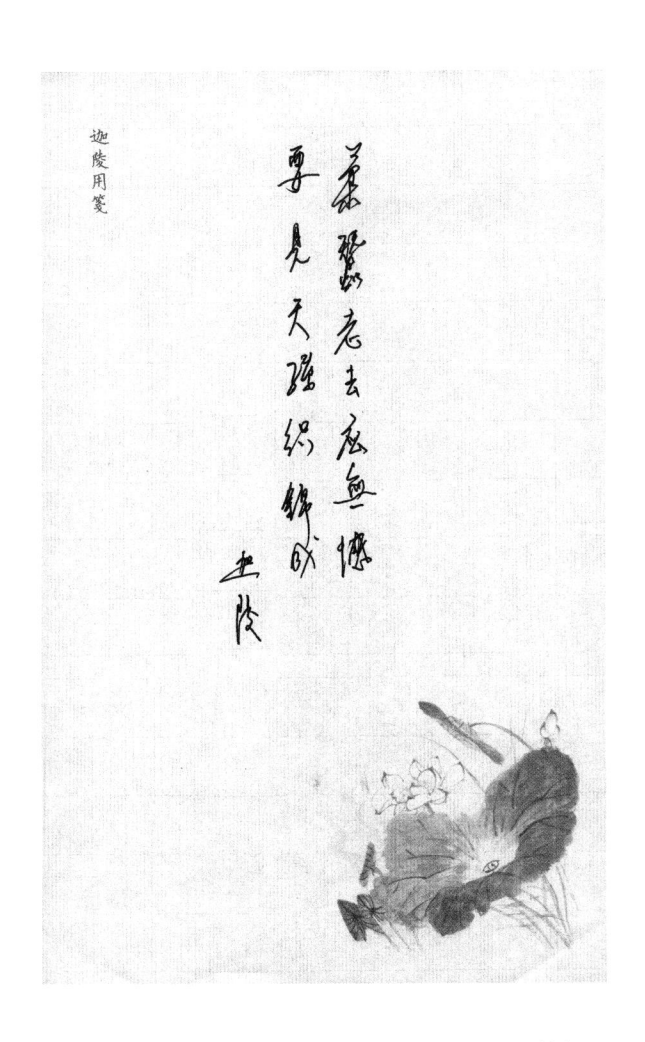

叶先生手书题诗：柔蚕老去应无憾，要见天孙织锦成。

出版前言

古人云:"童蒙养正,少年养志,壮年养德。"人的一生中,青少年时期正是选择人生目标和树立远大志向的关键时期。然而,"未来要成为什么样的人""未来要过什么样的人生",对青少年来说,可真不容易说清楚。在他们的成长过程中,如果能看到、听到或者了解到一些优秀人物的人生经历,并能以他人为榜样树立正确的世界观、人生观和价值观,那无疑会是开阔胸襟、拓宽视野、丰润生命的很好途径。

"中国精神·我们的故事"这套丛书,正是专为青少年创作出版的一套讲述中国故事、展示中国智慧、弘扬中国精神的优秀励志读物。我们甄选出当下中国鼓舞人心、提振国威的一些重大题材，并邀请作家深入一线亲自采访，把那些为了祖国伟大事业而无怨无悔付出的优秀人物的感人经历，用精彩的情节和细腻的描写呈现出来。虽然每个人物身份不同，所从事的事业也不同，然而，无一例外地在他们身上集中体现出了这样的特点：

他们是典型生动的当代人物；
他们拥有非同一般的毅力和热忱笃定的坚守；
他们各有所长且卓有建树；
他们的故事，让我们由衷感受到中国精神的力量。

中国精神，意在阐述当代中国人深沉热烈的爱国精神和与时俱进的改革创新精神。中国精神，让世界上其他国家看到了中国智慧、中国道路、中国力量的强劲内驱力。对青少年来说，学习这种精神，就是要少年立志，长大后争做爱国、敬业、诚信、友善的新一代公民，为中华民族的伟大复兴而努力付出！

人物介绍

"迦陵频伽",佛经中一种鸟的名字,能在山谷间传递钧天妙音;"迦陵",叶嘉莹先生的别号,年届九旬的她想为年轻人传递诗词的妙意。

"诗言志,歌永言",古人的诗凝结着古人的志,积蓄了伟大诗人的所有的心灵、智慧、品格、襟抱和修养。叶先生品诗、赏诗、讲诗、评诗,诗人的生命心魄得以再生,产生强大的感发作用和生生不已的生命之力。

这样的力量使叶先生历尽劫波而冰心犹存。国破之哀、亲亡之痛、牢狱之灾、丧女之祸终成过去,展现在她眼前的是更广阔、更高远的人生境界。

度己之后度人,叶先生想把不懂诗的年轻人一个个接引进来,"一同沐泳和享受这条活泼的生命之流,使它永不枯竭"。"既然我们从前辈、老师那里接受了这个文化传统,就有责任传下去。如果这么好的东西毁在我们手里,我们就是罪人。"

正是因为这样的信念,她执鞭杏坛七十二年而依旧守着这方讲台:从故乡北京的中学,战乱时南京的中学,到台湾的中学、大学,美国和加拿大的大学,再到祖国的各所大学、文化团体、各方论坛、中学、小学、幼儿园……她的学生遍及五洲四海,遍布各个年龄。教师是她不变的身份,也是她最看重的角色。她说,她首先是老师,其次是研究者,最后才是诗人。

让我们走近她——白发的先生,诗词的女儿。

目 录

引　子	叶先生的教师节 ……………………… 1
第一章	诗心早慧 …………………………… 13
	四合院里的童年 ……………………… 15
	"我是给孔子磕过头的!" ……………… 24
	将古人智慧存储入库 ………………… 31
第二章	浪打扁舟 …………………………… 41
	南下结婚 ……………………………… 43
	渡海到台 ……………………………… 50
	漂泊北美 ……………………………… 67
第三章	异国传讲 …………………………… 83
	弘诗——登各方讲坛 ………………… 85

	解诗——用西方文论 …………………… 91
第 四 章	疗愈重创 ………………………………… 99
	慈母早逝/孤露之哀 …………………… 101
	牢狱之灾/婚姻之殇 …………………… 114
	晴天霹雳/丧女之恸 …………………… 128
第 五 章	游子还乡 ………………………………… 137
	申请回国 ………………………………… 139
	《祖国行长歌》 ………………………… 145
第 六 章	候鸟生活 ………………………………… 165
	骥老犹存万里心 ………………………… 167
	诸生与我共成痴 ………………………… 173
	花期日日心头算 ………………………… 183
第 七 章	"为人"之学 …………………………… 195
	"颠倒"之美 …………………………… 197
	词之"弱德" …………………………… 205
	薪尽火传 ………………………………… 210
附　　录	我要把中国诗词带向世界 ……………… 219

引子

叶先生的教师节

2016年9月10日是什么日子？

没错，是教师节。正逢周六，辛勤的园丁们兴许能歇一歇呢。

老教师叶嘉莹先生可歇不得——每个周六，她都要给学生们讲课。这天，她要讲授新学年第一课。先生九十二高龄，教了七十二年的书，教书早已不是她谋生的手段，而成了生命的自觉。如此说来，以讲课的方式度过属于她的节日，真是再好不过了。

课堂设在天津南开大学迦陵学舍。学舍建于2015年，是一栋四合院风格的中式小楼。它集科研、教学、办公、生活等多种功能于一体，是古典诗词的家园。"迦陵"，是叶先生的别号，与"嘉莹"二字谐音。佛经中有一种鸟，名字叫"迦陵频伽"，能在山谷间传递妙音；而叶先生要传递的，正是古典诗词的妙意。

叶先生是位慈爱、优雅、智慧的老奶奶，戴一副秀气的眼镜，微卷的银发间夹杂着丝丝缕缕的黑发。"先生"二字有好几个意思：常用来称呼成年男士，比如张先生、李先生，这里的"先生"代表性别；以前，教师常被称作"先生"，这里的"先生"代表职业；还可以用来称呼德高望重的女士，这里的"先生"饱含着敬仰之情。叶嘉莹先生是中国古典诗词专家、中央文史研究馆馆员、南开大学中华古典文化研究所所长，她既是位教书先生，也是位让人敬仰的女先生。

叶先生曾荣获中华诗词学会首届"中华诗词终身成就奖"和国家"中华之光——传播中华文化年度人物奖"。在常人眼里，真可谓功成名就，但她从来没有也永远不会躺在功劳簿上"睡大觉"，她给自己的定位是"在古典诗歌的教研道路上不断辛勤工作着的一个诗词爱好者"。先生深深体会到古典诗词里有一个美好、高洁的世界,她想通过毕生的努力,把不懂诗的人一个个接引进来,共同享有、呵护并传承我国古代优秀的文化遗产和精神财富。

叶先生这样的年纪,是"鲐背之年"。鲐,一种有斑纹的海鱼。很多高寿的老人背如斑鲐,老态龙钟,可叶先生却散发着欣欣的向上之气。曾多次听过叶先生讲演的台湾女作家、画家席慕蓉将叶先生形容为一尊"发光体"。

2016年9月10日上午,席慕蓉飞越海峡又来听叶先生讲诗。不仅她来了,中国工程院院士王玉明也来了,北京、深圳等地好几所学校的语文老师也来了,喜爱古诗的幼儿园孩子、小学生、中学生、大学生也来了,致力于古典文化推广的儒商也来了,曾经采访过先生的记者们也来了……中国有尊师重道的传统,教师节这天,他们不约而同来到迦陵学舍。不论是先生的弟子还是粉丝,不论是老朋友还是新面孔,对叶先生的感恩之心和对古典诗词的热爱之情使大家一见如故。这天的课与往常相比有些特别,既是先生的授业课,又是弟子、粉丝们的谢师会。他们聚拢在先生周围，鞠躬行礼，并与先生一起谈诗论道。

你也许会纳闷，平时为博士后、博士生、硕士生授课的叶先生，能和幼儿园的孩子谈诗么？孩子们听得懂吗？叶先生平生有两大喜好：一是好诗，"好"在这里念第四声；二是好为人师。叶先生认为自己天生就是吃教师饭的，对不同的人，她都教得好，真正能做到有教无类。

我们举个例子吧。比如，诗是什么？

若给幼儿园孩子上课，为了把"诗"的抽象情意讲出来，她先从篆体的"诗"字说起，字的右半边上面的"之"好像是"一只脚在走路"。接着，她又在"之"字下画一个"心"："当你们想起家人，想起伙伴，想起家乡的小河，就是你的心在走路。如果再用语言把你的心走过的路说出来，这就是诗了。"这是叶先生给孩子们把抽象的"诗"的意义，所做出来最为具象的讲解。

若接受记者的采访，她会考一考你，《唐诗三百首》第一首是什么，赋比兴怎么理解。她会跟你谈起钟嵘的《诗品》，"气之动物，物之感人，故摇荡性情，形诸舞咏""嘉会寄诗以亲,离群托诗以怨"。简而言之,诗是对天地、草木、鸟兽,对人生的聚散离合的一种关怀,是生命的本能。

若给博士生、研究生上课,她就从鉴赏的角度来谈:"凡是最好的诗人,都不是用文字写诗,而是用整个生命去写诗的。成就一首好诗,需要真切的生命体验,甚至不避讳内心的软弱与失意。"杜甫《曲江二首》中"朝回日日典春衣,每向江头尽醉归(意思是每天上朝回来,都要去典当春天穿的衣服,换得的钱买酒喝,到曲江边举杯畅饮,直到喝醉了才肯回来)"两句,从表面上看,这种及时行乐的心态与杜甫"致君尧舜(意思是辅佐君王成为尧舜那样的人)""窃比稷契(意思是暗暗自比是稷和契,稷与契都是古代关心国事和民生的贤臣)"的理想抱负相悖,而这却符合他当时的情感志意,杜甫的可贵在于他对国家和人民的关怀超越了个人歧路上的困惑。诗人不是神,而是有血有肉、有情有义的人。读他们的诗,你能感受到一种生生不已的活泼的生命,这是心灵的大快乐。

中国精神 我们的故事
——讲诗的女先生
——中国古典诗词专家叶嘉莹的故事

......

总之，叶先生讲课时，那豪放而不失优雅的举手投足，柔婉而不失顿挫的行腔吐字，考证而不失神韵的条分缕析，能营造魔法般的磁场，带给你一种穿越感——此刻不存在了，回到了唐代；课堂不存在了，来到了曲江边上的一间酒肆；你我不存在了，变成了衣袂飘飘的诗圣杜甫和诗仙李白，他们之间的敬慕、激赏、勉励、珍惜变成了你我之间的敬慕、激赏、勉励、珍惜……

不知过了多久，叶先生的一句"今天就讲到这里吧"，仿佛把你的身子硬生生拉了回来，而你的心神其实还停留在诗词的意境中呢！这时你会有点恍惚。几天之后，你也许会想，听叶先生讲诗之后的感觉，和孔子在偶然听到美妙的韶乐之后的"三月不知肉味"，大约差不多吧！

难怪叶先生的博士生熊烨迟迟不愿意毕业呢，难怪叶先生三十多年前的好几个学生多年间一直来听课呢。一般说来，教书是"铁打的营盘流水的兵"，可到了叶先生这里，不仅有铁打的营盘，还有铁打的兵。

"诗言志,歌永言",古人的诗凝结着古人的志,积蓄了伟大诗人所有的心灵、智慧、品格、襟抱和修养。叶先生品诗、赏诗、讲诗、评诗,诗人的生命心魄得以再生,产生强大的感发作用,使讲者与听者或作者与读者都得到一种生命之力。这样的课,叶先生讲得投入,学生们听得沉醉,真是会上瘾呢!

不知不觉间,心灵更丰盈了,视界更开阔了,生命更坚韧了。三十七年来一直听叶先生讲课的徐晓莉将诗词的作用形容为"底肥","下了底肥的植物长得高大粗壮,喜欢诗词的人,路可以走得更远"。徐晓莉循着叶先生的路,成了天津广播电视大学讲授古典文学的教师,退休后又到老年大学开设了诗词课。

因追随叶先生而人生轨迹发生改变的又岂止徐晓莉一人。院士王玉明原先只是一名古典诗词爱好者,在叶先生的点拨下,他的诗词创作越来越精进,迄今已创作诗词千余首并出版了专集,叶先生赐他一个雅号"蕴辉";美籍华裔女孩张元昕从十一岁起就从纽约飞到温哥华,跟先

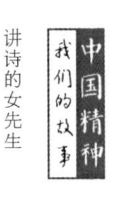

生学诗词,如今七年过去,张元昕成了叶先生在南开大学的硕士生,她立下一个志向——把中国诗词带给全世界;杨立波是中山市博爱小学的老师,她为叶先生带来了好消息——博爱小学以叶先生的讲座为蓝本推广诗词教学,开设了古诗词实验班,一个孩子一个月内能背诵四千多字的古诗文,目前,该经验已向全市推广……

多年前,叶先生曾编写《诗馨篇》,她在序言里提到:在中国的诗词中,的确存在有一条绵延不已的感发之生命的长流,一同沐泳和享受这条活泼的生命之流,才能使它永不枯竭……长流之中,叶先生既是渡引者,也是被渡引者。她一生曾经历国破之哀、亲亡之痛、牢狱之灾、丧女之祸,正是从古典诗词长流中汲取了力量,她才能走过一次次忧患,并将目光投向更恒久的追求,达到更高远的人生境界。

对于人生境界与寿命的关联,孔子只说到七十岁,"七十而从心所欲,不逾矩",古人没有说到九十岁会怎样。叶先生说:"至于我现在则是如庄子所说过的'独与天地精神相往来'。"自幼诵读《论语》的叶先生,深感其中一句话似乎可以践行终生,那就是"不怨天,不尤人,下学而上达,知我者其天乎"(意思是不埋怨天,不责备人,我学了些基本的知识,从中领悟了高深的道理。了解我的,大概只有天吧)。

纵观叶先生一生,她先是诵读诗词,接着是创作诗词,后来为了谋生而讲授诗词,进而从事于诗词的研读。叶先生为她致力最多的工作排了个顺序:首先是教学,其次是研究,最后才是作诗,因为她的诗都是自然写出,并非勉强追求。别人劝她"年纪大了,多写点书,少教些课",她淡然道:"当面的传授更富有感发的生命力。如果到了那么一天,我愿意我的生命结束在讲台上……"这仿佛是上天向她示谕的使命。她不仅仅是讲诗者,也是诗的使者,诗的化身。

既然是诗的化身,那她就不会老去。正如古代伟大诗人用生命写下的诗篇永远不朽一样,叶先生那颗用诗词浸润的坦荡荡捧给后来者的诗心,也将永远跳动、跳动……

第一章 诗心早慧

四合院里的童年

叶嘉莹先生的祖宅在北京市西城区察院胡同,她的曾祖父在这里购置了一座四合院。清末光绪年间,祖父在科举考试中考中翻译进士(是满汉翻译),四合院便成了"进士第"。这三个大字被制成黑底金字的匾额,悬挂在大门上方,大门两侧各有一尊石狮子。1924年,叶嘉莹出生在这里。20世纪20年代,叶家三代同堂,住在这座四合院中。

祖父管教严格,家里有客人来吃饭时,小孩子是一律不许上大桌子的,只能在旁边摆张小桌子吃。有一次,大人把不到五岁的叶嘉莹叫上大桌子,问她吃什么,她答"给我什么就吃什么",乖巧极了。

但叶嘉莹也有挨打的时候。她不知怎么把祖父惹恼

中国精神 我们的故事

讲诗的女先生
——中国古典诗词专家叶嘉莹的故事

了,祖父要她认错,可她不知错在哪里,便争辩道:"您给我讲讲理。"母亲就在屋里打她,逼她认错,小小的脸蛋都被打肿了,可她还是不认错,只是喊着说:"给我讲讲理。"

小时候的这两个故事,表现出了叶嘉莹两种本性:对于吃什么穿什么这些物质的东西,她不大在意;而对于是非道理这样的原则问题,她不肯让步。

《论语》里孔子有句话,"士志于道,而耻恶衣恶食者,未足与议也",意思是读书人立志于追求真理,却以穿得不好、吃得不好为耻辱,那就不值得和他谈论什么了。叶先生后来在加拿大不列颠哥伦比亚大学(简称UBC)任教时,经常一大早在家做两个三明治,给面包抹上果酱或花生酱,一个是早餐,另一个带到学校,再烫一小罐蔬菜,拿个橘子,这便是午饭了。这些最基本的食物能保障她在图书馆一待一整天。有人感叹她的清苦,她却淡然道:"吃饭是为了活着,活着不是为了吃饭。"对《论语》的读诵也让她的性情得到熏陶,她被儒家所推崇的柔顺、坚韧的美德打动,进而反观自己,渐渐改变了以前倔强急躁的脾气。

四书五经、唐诗宋词、明清小说……叶家的藏书颇为丰富。四合院南房摆满排排书架，俨然是座小图书馆。叶嘉莹在辅仁大学读书时，很多老师、同学都喜欢跑来找书、借书。

叶嘉莹也常常登梯爬高，踩着桌子去翻书。她说："那时我家到处都是书。书房的架子上、堂屋的躺箱上、衣柜的顶柜里，全是书。"叶先生印象最深的，是一套元代大德年间的木刻版《辛稼轩词集》："字特别大，看起来很舒服。"伯父喜欢藏书，只要看见有人卖古书，他都会尽量买下。可惜这些书最后都没有保留下来，在后来的"大跃进"中，南房被街道征用为公共食堂，叶嘉莹的弟弟就把书很便宜地卖掉了。

叶家祖上是蒙古族旗人，旗人很重视教育，而且在这方面从不重男轻女。旧社会很多人认为"女子无才便是德"，而叶嘉莹的外曾祖母、祖母、母亲、姨母都得到了良好的教育。外曾祖母姓曹，名仲山，喜欢读诗、写诗，还自刻了一本诗集,题名《仲山氏吟草》;祖母上了年纪之后眼睛不好,不大看书,但每晚临睡前,都要让两个儿媳——也就是叶嘉莹的母亲和伯母给她读诵;母亲青年时代曾在一所女子职业学校任教,婚后专心相夫理家;姨母也从事教育工作,后来成了叶嘉莹姐弟的启蒙老师。叶嘉莹出生在一个书香世家。

叶嘉莹的整个童年,几乎全部生活在这座四合院里。院里共有四个孩子:叶嘉莹,她的大弟和小弟,还有堂兄。那个年代,男孩子们可以出门交游,而女孩子是不许出去的。她便捧一本书,在房间里大声吟诵。有时临摹小楷的字帖,她记得她曾临摹过白居易的《长恨歌》,长诗中的故事令人唏嘘,韵律和谐委婉,她临摹不久便已经熟读成诵。

"关"在四合院里长大的叶嘉莹,自有她的乐趣。无论是窗前的修竹,阶下的秋菊,还是檐上的新月,叶间的鸣蝉,都是既在眼前,又在诗中,既可观闻,又可抒怀。她的内心世界变得细腻而丰富:同样是月牙,她能看出不同,上弦月清晰、新鲜,下弦月模糊、残破。同样是蝉鸣,她也能听出不同,夏天的蝉鸣聒噪,秋天的蝉鸣嘶哑。整座庭院,一草一木无不散发着古典诗词的气息,正如她后来所说:"我出生在这里,成长在这里,我的知识生命与感情生命都是在这里孕育形成,我与这座庭院,有着说不尽割不断的万缕千丝的心魂的联系。"

冬季下大雪的时候,父亲经常吟唱清代郑板桥的一首五言绝句《题游侠图》:"大雪满天地,胡为仗剑游。欲谈心里事,同上酒家楼。"那会儿,叶嘉莹经常翻读《唐诗三百首》,她忽然觉得,父亲吟唱的《题游侠图》,跟《唐诗三百首》中王之涣《登鹳雀楼》的"白日依山尽,黄河入海流。欲穷千里目,更上一层楼"很相似:两首诗不仅声韵相近,而且都是开头写景,后面写到上楼,第三句第一个字都是"欲",表达了想要怎样的意思。带着这些"读后感",叶嘉莹向伯父请教。伯父告诉她,这两首诗从表面上看虽然近似,情意却并不相同:"大雪"那首诗一开始就表现了外在景物对内心情感的激发,所以后两句写的是

"心里事"和"酒家楼";而"白日"那首诗一开始写的就是广阔的视野,所以后两句接的是"千里目"和"更上一层楼"。伯父的点化,让叶嘉莹学诗的兴趣和悟性都得到了提升。

伯父对叶嘉莹自幼就特别疼爱。由于叶嘉莹父亲任职于国民党政府的中国航空公司,常年身居上海,伯父便主动承担起对她的教育培养责任。

伯父在民国初年曾经做过一段很短时间的公务人员,辞职回家后,精心研究医书,做了中医。他一直留着根辫子,每天都是伯母给他梳头。平日在家里的时候,伯父就把辫子垂下来,要出诊了,就把辫子盘起来,戴上一顶帽子。伯父旧学底子深厚,尤其喜欢诗词、联语,熟知很多诗人、词人的掌故。一有空暇,他就和诗心早慧的叶嘉莹闲谈。

有一回,伯父跟她说起清代词人陈维崧的词,告诉她陈维崧是中国写词最多的词人,他的别号叫"迦陵"。伯父又说,清代还有一个词人叫郭麐,别号"频伽",这两个人别号合起来就是"迦陵频伽",是佛经里一种鸟的名字。

类似的很多掌故让叶嘉莹听得兴致盎然，幼小心灵留下了深刻印象。后来上了大学，叶嘉莹跟顾随先生学诗，顾先生让她起个别号，伯父跟她讲过的"迦陵频伽"的典故就立即从脑海中跳了出来。"迦陵"与"嘉莹"谐音，她便用"迦陵"做了自己的别号。

外地的父亲要求叶嘉莹用文言文写信，报告学习情况。每当叶嘉莹写了信，就先拿给伯父看，伯父看后提出修改意见，叶嘉莹改写之后再抄寄给父亲。

伯父还经常鼓励她试写一些绝句和联语。他出的第一个诗题是《咏月》，叶嘉莹那会儿大约十一岁，还真就写成了一首七言绝句。她记得最后一句是"未知能有几人看"，大意是说月色清寒，照在栏杆上，但在深夜无人欣赏。

那时过年，家家贴春联。叶嘉莹出门给长辈拜年时，伯父就让她留意哪一家春联写得好。大年初一，伯父要用一支新毛笔写副新对联，谓之"新春试笔"。他写的新年联语，多是用这一年的干支作一副嵌字联。

"干支"即"天干地支"，是中国古老的纪年方法。天

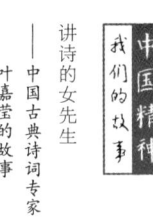

干有"甲、乙、丙、丁、戊、己、庚、辛、壬、癸",单数的"甲、丙、戊、庚、壬"为阳干,双数的"乙、丁、己、辛、癸"为阴干。地支有"子、丑、寅、卯、辰、巳、午、未、申、酉、戌、亥",分为六个阳支和六个阴支。按照阳干配阳支、阴干配阴支来依次组合,就能形成六十个干支年。人们常说"一个甲子",意思就是六十年,因为从这个甲子年到下一个甲子年,正好是干支年的一个大轮回。这样,我们就能推算年份:比如2017年是丁酉年,2017年减去十二年,2005年便是乙酉年;2005年减六十年,那么上一个乙酉年则是1945年。

正是在这一年,伯父"新春试笔"时取"乙酉"两字,分别作为新对联的上联和下联的第一个字:"乙夜静观前代史,酉山深庋不传书。"伯父写完便拿给叶嘉莹看,与她谈说:"乙夜"是夜里的二更天,古人常说"乙夜观书",说的是读书读到深夜;"酉山"指的是大酉山和小酉山,是古代藏书之处;"庋"是收藏之意。

伯父常写对联,很少写诗,叶先生如今能记下来的,只有一首。1948年,她结婚南下,伯父写给她一首五言古诗,标题是《送侄女嘉莹南下结婚》,其中一段是:"有女慧而文,聊以慰迟暮。昨日婿书来,招之使南去。婚嫁须及时,此理本早喻。顾念耿耿心,翻觉多奇妒。明珠今我攘,涸辙余枯鲋。"伯父曾经有过一个女儿,但夭折了,只有一个儿子留下来,所以对叶嘉莹,他是当自己的女儿来疼爱的。女儿大了,嫁人南下,他难以释怀,"翻觉多奇妒"。掌上明珠就这样交了出去,他感到自己如同"涸辙之鲋"。"涸",干涸;"辙",车轮碾过的痕迹;"鲋",鲫鱼。"涸辙之鲋"指干涸车沟里的小鱼,比喻在困境中急待援救的人。这样的伤感,渗透在字里行间。

更令人伤感的是,因时局生变,叶嘉莹这一去竟是二十六年,等她1974年终于有机会回到故乡的旧宅,伯父早已离开人间。伯父写给她的《送侄女嘉莹南下结婚》在台湾"白色恐怖"期间被查抄走了,没有留下来,但它又字字分明,刻在她脑海里,永远都会记得。

"我是给孔子磕过头的！"

20世纪初，以儒家为代表的传统价值观受到巨大冲击，延续了千百年的由私塾、书院和科举构成的教育体系被废弃。清政府竟然拿出巨资，请日本人来做中国的基础教育。二三十年代，很多小学都不教四书五经了，取而代之的是诸如"背上我的小书包，按时上学不迟到。见了老师行个礼，见到同学问声好"的相对浅显的语文。

书香门第的叶家推崇传统"诗教"，认为小孩子应该趁着记忆力好，多读些有久远价值的古典诗书。父亲、母亲于是给到了上学年龄的叶嘉莹和她的大弟叶嘉谋请来一位家庭教师，这位家庭教师是姨母——母亲的妹妹。

开课第一天，叶家举行了拜师仪式。不只是拜老师，还设了一个木头牌位，上面写着"至圣先师孔子之位"。叶嘉莹和弟弟都给孔子的牌位磕了头。

"所以我常常说我是给孔子磕过头的。"如今回忆起这一段，叶嘉莹颇为感慨："这些可能已被认为是一些封建的礼节，但这些礼节在我幼小的心灵中，确实产生了一种敬畏之感。人不能无所畏惧，不能什么都做，想怎样就怎样。孔子说：'畏天命，畏大人，畏圣人之言。'这是中国的传统，人是应该有所敬畏的。"

家教用的课本是《四书集注》，姨母并不详细讲解注释，只说一个大概，然后让叶嘉莹姐弟去背。姨母每天下午来上新课；上午是姐弟俩的自修时间，《论语》读到哪里就背到哪里，前一天留的数学作业和书法作业都要全部做完。

北大英文系毕业的父亲很重视英文学习，认为只学中文是跟不上时代的。他在工作之余常教儿女们英文单词，还让他们学唱英文儿歌，如"one two tie my shoe, three four close the door"。他还买了一件学英文的玩具，里面都是英文字母，谁先拼出英文单词谁就赢，叶嘉莹姐弟常玩这样的游戏。

叶嘉莹十岁时，父亲说："该到外面去念书了。"家附近有个教会学校叫笃志小学，五年级开始教英语，叶嘉莹插班到五年级，弟弟上三年级。一年之后，叶嘉莹考入市立第二女中。初中二年级时，有位教英文的姜老师教得很好，要求学生们背诵课文并用英语写作。可惜姜老师只教了叶嘉莹一个学期，就发生了震惊中外的"七七"事变。日本兵侵占北平，减少了英文课，改教日文。因为心里抵触日本侵略者，学生们都不好好学日文。

抗战爆发后，父亲去了后方，与家里中断了联系。风雨飘摇中，四合院为叶嘉莹支起一座看似安全宁静的堡垒。常言道，少女情怀总是诗。叶嘉莹虽然生活经验贫乏，但日落月出、春去秋来、草荣花谢无不让她心有所动，院中的景物一一走入她单纯而情真的诗篇。

在她的诗集里，第一首诗是十五岁时写的《秋蝶》："几度惊飞欲起难，晚风翻怯舞衣单。三秋一觉庄生梦，满地新霜月乍寒。"第一、二句讲的是秋天的蝴蝶快要僵死,晚风中的它翅膀单薄,无法再翩翩起舞;"三秋"就是深秋,"庄生梦"出自典故"庄生梦蝶",所以第三句的意思是深秋以后,庄生醒了,蝴蝶的短暂生命恍若一梦;第四句看似在写满地新起的秋霜,其实是感叹一个生命的消失,一切归于空无。

叶嘉莹还写了一首《对窗前秋竹有感》:"记得年时花满庭,枝梢时见度流萤。而今花落萤飞尽,忍向西风独自青。"这首诗前面三句很好理解,最后一句的"忍",是"岂忍""不忍"的意思,构成一个反问:你怎么能够忍心对着西风一个人这样青呢?潜台词是,要青就应该让大家一起青才对嘛。

十六岁时,叶嘉莹写了一首《咏莲》:"植本出蓬瀛,淤泥不染清。如来原是幻,何以度苍生。"前两句讲的是莲来自蓬莱瀛洲,出于淤泥却不改清净本色。由于莲是喻佛之物,所以后面两句语意一转:佛是不是真的有,是不可知的,既然如来佛祖都是虚幻的,那么它怎样才能

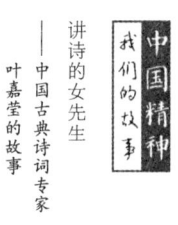

普度众生，让人们脱离苦海呢？当时，北平沦陷，老百姓生活悲苦，身处这样的环境中，叶嘉莹几乎是出于本能写出了这样的诗句。

吟诗写诗之余，叶嘉莹还无师自通填起了小词。1935年她考上初中以后，母亲给她买了一套开明书店出的"词学小丛书"。"小丛书"中收录的作者与作品很多，其中对她影响最深的是王国维的《人间词话》和纳兰成德的《饮水词》，前者让她对词的评赏有了初步领会，后者使她对词的创作产生了浓厚兴趣。

《饮水词》开篇第一首是《忆江南》："昏鸦尽，小立恨因谁？急雪乍翻香阁絮，轻风吹到胆瓶梅。心字已成灰。"这首词的意境是：黄昏的鸦群飞远了，你为什么还立在那里呆望？柳絮如急雪一般，飘进姑娘的闺房，晚风轻轻吹拂，胆瓶中的梅花暗香浮动，心字形的薰香已烧成灰烬。

《忆江南》口吻天然，声调流利，风格清新，一下子就把叶嘉莹抓住了，她如痴如醉读完《饮水词》，不禁跃跃欲试。她填了一首《浣溪沙》:"屋脊模糊一角黄,晚晴天气爱斜阳。低飞紫燕入雕梁。 翠袖单寒人倚竹,碧天沉静月窥墙,此时心绪最茫茫。"斜阳下,燕子归巢,人倚修竹,月亮初升,此时很难言说是喜是忧。

1941年秋,十七岁的叶嘉莹写下《忆萝月》:"萧萧木叶。秋野山重叠。愁苦最怜坟上月,惟照世人离别。平沙一片茫茫。残碑蔓草斜阳。解得人生真意,夜深清呗凄凉。"末句"夜深清呗凄凉"正是出自纳兰成德《饮水词》中《望海潮·宝珠洞》的"白日空山,夜深清呗,算来别是凄凉"。"清呗"是佛教徒念经诵偈的声音。叶嘉莹"夜深清呗"的亲人,是患疾离世的母亲。六年前,母亲将纳兰成德的《饮水词》带给了叶嘉莹,而今,叶嘉莹蘸着泪水,用一首小词向远行的母亲倾诉衷肠。

诗词是见灵性的。叶先生认为,从小孩子脱口而出的诗词,大概可以看出他的性格,看到他一生的遭遇和命运。先生举了个古例:有人出题对对子,"风吹马尾千条线",有人对"雨打羊毛一片毡",对得很工整,但"雨打羊毛一片毡"是很凄凉的样子,飞不起来;另有人对"日照龙鳞万点金",这气象显然就不同了。

叶先生同样从早年写的作品中看到了自己:一是她很早就认识到人生的盛衰、生死、聚散的无常;二是对自然万物的同情的关怀;三是对荷花有一种特殊的感情。

叶嘉莹的生日是农历六月初一,那正是荷花初放的时候,她的小名叫"荷"。荷花有很多别称:菡萏、水芙蓉、莲花、芙蕖……叶嘉莹最喜欢用"莲"这个称谓。她一生写过很多与荷花相关的诗词,比如六十四岁时写的《瑶华》,年过八旬之后写的《浣溪沙·为南开马蹄湖荷花作》。

将古人智慧存储入库

不少孩子都有这样的经历,家里来了客人,爸爸妈妈会让你背诵古诗。

还未记事时起,叶嘉莹就把李白的《长干行》背得溜溜的:"妾发初覆额,折花门前剧。郎骑竹马来,绕床弄青梅……八月蝴蝶黄,双飞西园草。感此伤妾心,坐愁红颜老……"

客人们直乐:"你才几岁呀,就知道坐愁红颜老了?"

那会儿的叶嘉莹,当然不知道"坐愁红颜老",但不管懂不懂,背就是了。叶先生的亲身体会是:以孩童鲜活之记忆力,诵古代之典籍,如同将古人积淀的智慧存储入库;随着年岁、阅历和理解力的增长,必会将金玉良言逐一支取。

比如李商隐的《嫦娥》:"云母屏风烛影深,长河渐落晓星沉。嫦娥应悔偷灵药,碧海青天夜夜心。"这首诗叶嘉莹小时候背过,"屏风""烛影""长河""晓星"都是她认识的事物,"嫦娥奔月"也是她熟悉的故事,她以为读懂了。

二十多年后,叶先生在台北市立第二女子高级中学(简称台北二女中)教书,讲到《资治通鉴》的《淝水之战》,里头有个情节,东晋将领把前秦的苻坚打败了,缴获了苻坚乘坐的云母车。云母是一种珍贵的矿石,装饰了云母的战车就叫云母车。这天下课后,叶先生出了学校,到车站等车,偶然一念,她从云母车联想到《嫦娥》里的云母屏风。她不由得在心头默诵起《嫦娥》,忽然间,她被诗中所蕴含的悲哀寂寞击中内心,她体悟到:"云母屏风烛影深,长河渐落晓星沉"写的不光是景致,其实是诗人的长夜无眠和他内心深处的幽微境界;"应悔"二字,极为真挚,叫人沉痛;面对着无涯碧海和无垠青天,嫦娥无友无侣，夜夜徘徊，这是多么无望的孤寂啊。此时，叶先生已历忧患，她如同一叶扁舟，随丈夫飘过海峡，飘到台湾，与家人、师友水天相隔，四顾茫茫，她的心境与《嫦娥》的意境互为投影，她的孤寂与诗人的孤寂产生共鸣，她这才真正读懂了这首诗。

叶嘉莹第一本开蒙读物是《论语》，她当时对《论语》中所记述的孔子的仁者与智者的境界，同样没有真正的体悟，但书中有关人生修养的话，却激起她直观的感动和好奇。

孔子说，"朝闻道，夕死可矣"，叶嘉莹深受震撼："'道'是一个什么样的东西啊？怎么有那么大的力量？为什么说早上懂了这个东西，晚上死了都不白活？"她读到"五十而知天命"，又想："'天命'是什么？'知天命'是什么感觉？"人生无常，命运多舛，生活将以近乎残酷的方式磨砺她，让她渐渐参透"天命"和"道"，让她以内心的持守，确信天虽有百凶而必有一吉，超越自己的小我，不再只想自己的得失、祸福，就能使目光投向更广大、更恒久的向往和追求。

叶先生读书是从识字开始的,当时叫"认字号"。父亲用毛笔把字写在一寸见方的黄表纸上,如果一个字有多个读音,父亲就按照声调,分别在这个字的上下左右画上小红圈。黄纸、黑字、红圈,给叶嘉莹留下了深刻记忆。

她还记得父亲叫她学"数"这个字时的情景:当它表示"数目"的意思时,应读成"树"的发音,去声,父亲在字的左下角画一个小红圈;当它表示"计算"的意思时,应读成"蜀"的发音,上声,父亲在字的左上角画一个小红圈;当它表示"屡次"的意思时,读起来像"朔"的音,这是个短促的入声字(古代汉语里有入声字,但现代汉语里已经没有入声字了),父亲会在字的右下角画个小红圈;"数"还能表示"繁密"的意思,读起来像"促"的音,是另一个入声字,父亲在字的右下角再画一个小红圈。

父亲还把第四种读法"促"的出处一并告诉叶嘉莹——《孟子·梁惠王》有"数罟不入洿池"的句子,"罟"念"gǔ",意思是渔网;"洿"念"wū",意思是不流动的浊水。整句话表面上是说不要把孔眼细密的渔网放到水塘捕鱼，以求保全幼苗的繁殖，背后的深意是劝谏梁惠王施行仁政，让老百姓休养生息。

回忆到这里，叶先生的声音有点激动："新闻报道中说，渔民用最密的网打鱼，小鱼捞上来就扔掉，这是断子绝孙的做法。现代人眼光之短浅之自私之邪恶，不顾大自然不顾子孙后代，这种败坏的堕落的思想和习惯是不应该的。"

让她痛心的是，如今很多年轻人守着文化宝藏，却被短浅的功利和一时的物欲所蒙蔽，因而不再能认识到古典诗词对心灵和品质的提升功用，可谓如入宝山空手归。"而我是知道古典诗词的好处的。知道了而不传述，就是上对不起古人，下对不起来者。所以我的余生还要讲下去。"

正是因为古典诗词对心灵和品质具有提升功用，因而它们天然就是启蒙和教化的最好载体，简而言之便是"诗教"。"温柔敦厚，诗教也""诗可以兴，可以观，可以群，可以怨""不学诗，无以言"……孔子最早提出"诗教"，他认为，学诗可以激发热情，可以提高观察力，可以团结群

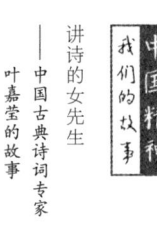

众，可以抒发不满，诗可以让人变得温柔敦厚；不学诗，就不懂得怎样说话。随着儒学地位的上升，"诗教"发展为我国古代重要教育理念。

"诗教"起源于"乐教"。《尚书·尧典》中"帝曰：'夔，命女典乐，教胄子。直而温，宽而栗，刚而无虐，简而无傲。诗言志，歌永言……'"讲的是舜帝把诗与乐结合在一起，对年轻人提出了修身的要求，即正直而温和，宽厚而谨慎，刚毅而不粗暴，谦恭而不傲慢。

2013年12月，在"中华之光——传播中华文化年度人物奖"颁奖典礼上，主持人向手捧奖杯的叶先生讨教如何养生益寿。叶先生公布了独家秘诀——钟嵘《诗品序》里的一句话，"使穷贱易安，幽居靡闷，莫尚于诗矣"。一个人无论是贫贱艰难，还是寂寞失意，能够安慰人、鼓励人的没有比诗词更好的了。

从小接受传统"诗教"并获益终生的叶先生，这七十二年来执鞭杏坛，一直在做的正是"诗教"。1995年起，叶先生在指导博士生的同时，开始了少儿诗教。对于国内一些少儿国学班让不识字的孩子摇头晃脑吟诵经典这件事,叶先生是反对的。

"学诗要和识字结合在一起,还要遵照兴、道、讽、诵的步骤。"叶先生介绍道,"这种古老的读诗方式起源于周朝,兴是感发,道是引导,讽是从开卷读到合卷背,最后才是吟诵。"

叶先生拿杜甫的《秋兴八首》举例:"先要让孩子了解杜甫其人,知晓他的际遇,再在吟诵中感受诗人的生命心魂。这样才能'入乎耳,箸乎心,布乎四体,形乎动静'。"

"入乎耳,箸乎心,布乎四体,形乎动静"这句话是古代儒家思想的另一个代表人物荀子讲的,前面还有五个字——"君子之学也"。整句的意思是,君子做学问,是把所学的听在耳朵里,记在心中,表露在身体的仪态上,显现在行动举止上。

叶先生与友人合编了《与古诗交朋友》一书,为增加孩子们的学习兴趣,她亲自吟诵编选了100首诗,并给读本配上了磁带。她还多次到电视台教少年儿童吟诵诗歌。

叶先生设想在幼儿园中开设"古诗唱游"的科目，以唱歌和游戏的方式教儿童们学习古诗，"在持之以恒地浸淫熏习之下，中国古典文化就会在他们心里扎根"。

2016年9月10日教师节这天，南开大学幼儿园的孩子们为叶奶奶朗诵了《相思》《春夜喜雨》等古典诗词以及自己创作的小诗，还送上了贺卡和手工花。叶奶奶给他们的礼物则是新书《给孩子的古诗词》，她精心遴选了218首经典古诗词，并倾心讲诵，分十多次录制了几十个小时的录音资料。

叶先生吟诵诗词，是带着调子的。比如杜甫的《春夜喜雨》："好雨知时节，当春乃发生。随风潜入夜，润物细无声……"叶先生特别强调："'好雨知时节'的'节'字和'当春乃发生'的'发'字应读入声，现在的音调没有入声，可以用短促的去声代替。这样念，平仄才对。"再比如王维的《九月九日忆山东兄弟》："独在异乡为异客，每逢佳节倍思亲。遥知兄弟登高处，遍插茱萸少一人。"

这首诗中的"独""节""插"等字，在诗词的声律中也应该读成仄声。

叶先生讲起平仄来可真是循循善诱。"普通话有四个声调：一声、二声、三声、四声。比如我们念'hao'这个声音，第一声念'蒿'，第二声念'豪'，第三声念'好'，第四声念'耗'。大家注意到这四个声调在念读时有什么不同了吗？原来第一、第二两个声调，读起来都比较平缓，可以拖长；第三声的声调读起来中间拐了一个弯，拐完以后就不大容易拖长；第四声的声调读起来是沉下去的感觉，也不大容易拖长。于是，我们聪明的祖先就把四个声调分成两组：一声、二声为'平声'，三声、四声为'仄声'。古人还发现，把平声和仄声间隔运用，会更加顺口，更加好听，所以中国的古诗在声音上是有格律的：平平仄仄，仄仄平平……千百年来，语言的声调发生了变化，古语里有入声词，属于仄声，但现代汉语里已经没有入声的声调，它对应的字今天读起来，有的成了平声。我们如果按平声来念入声词，诗词的格律就不对了，这就破坏了整首诗美感的特质。"

掌握了平仄,才会写诗。古人说:"熟读唐诗三百首,不会作诗也会吟。"从小就背诗、吟诗的叶嘉莹,正是在吟诵中不知不觉掌握了诗词的声律。

叶先生写诗,从来不是趴在桌子上硬写,句子它自己会随着声音"跑"出来。

第二章 浪打扁舟

南下结婚

1948年初春,带了些随身衣物,二十四岁的叶嘉莹出嫁南下。

"很快就会回来的。"之前从未出过北平的她,来不及守住这个简单而笃定的念头,就如同一叶扁舟卷入大海,飘到中国台湾,飘到美国,飘到加拿大,等到再次寻见故乡的港湾,竟已过了二十六年。

岁月无情,青丝已飞霜。

那个装过她童年全部天地的四合院,已变成大杂院。窗前修竹呢?阶下菊花呢?那些她曾吟咏过的赋予性灵的花花草草呢?

那个点化过她早慧诗心的伯父,已前往另一个世界。

膝下无女，把侄女当作女儿垂爱的他，曾作诗《送侄女嘉莹南下结婚》："有女慧而文，聊以慰迟暮……"岂料一别成永诀，伯父的暮年，谁来慰藉？

那个开拓她诗词评赏眼界的恩师顾随，竟已于1960年驾鹤西去。在叶嘉莹就读辅仁大学的第二年，顾先生来教唐宋诗课程。他对资质出众的叶嘉莹偏爱有加，师生常有唱和。叶嘉莹从大学毕业后，到三所中学教书，期间还常去辅仁大学和中国大学（初名国民大学，1917年改名为中国大学，是孙中山等人为培养民主革命人才而创办。该校于1913年4月13日正式开学，1949年停办，历时36年）旁听顾先生的课。直到她1948年离京，这样的师传道承持续了六年之久。时局动荡，音信断绝，唯有梦境可以一次又一次潜过台湾海峡，回到旧时光——她下课后和最要好的女同学一起去拜望老师，却被困于一片芦苇荡，路总是不通，又慌又急中她突然惊醒，怅然不已。她还曾梦见一副联语："室迩人遐，杨柳多情偏怨别。雨馀春暮，海棠憔悴不成娇。"写的是厄运之下的春光易逝和离散之痛。上联的"室迩人遐"出自《诗经》,意思是住得虽近,怀念的那个人却很远。这样的无奈,一如台湾当代诗人余光中《乡愁》中所写:"乡愁是一湾浅浅的海峡,我在这头,大陆在那头。"

曹丕《与朝歌令吴质书》中有一句"节同时异,物是人非,我劳如何",感叹时过境迁,故人不再,我做这么多的努力又有什么用呢!叶先生同样是被命运的洪流裹挟,同样是年华逝水、故人入梦。"结婚的先生不是我的选择,他的姐姐是我的老师,是老师看中了我。去台湾也不是我的选择,谁让我嫁人了呢?后来去加拿大,也不是我的选择。"面对被动而多难的一生,叶先生能做的是:"环境把我抛向哪里,我就在哪里落地生根,自生自灭。"

这并非自我放逐,而是一种坚忍与持守。没有飘零,没有磨难,就没有今天的叶先生。飘零终成过往,天津南开大学的迦陵学舍成为她安顿晚年的家园;所有的磨难也已成过往,她选择"不怨天,不尤人""独与天地精神相往来"。

中国精神·我们的故事——讲诗的女先生——中国古典诗词专家叶嘉莹的故事

回望叶先生的命运之途,飘零始于那场没有爱情的婚姻。

她的丈夫叫赵钟荪,他俩的初识源于好几层关系:他堂姐是她的老师;他妹妹是她同年不同班的同学;她另一个同学的男朋友跟他是同事;他有个同学的弟弟跟她的弟弟是同学。赵钟荪因此常常上叶家来,叶嘉莹对他也颇为客气,慢慢就熟悉了。

差不多认识两年时,赵钟荪失了业,还得了病。他的姐夫在国民党军队的海军政治部工作,就在南京的海军机构给他谋了个职。此时,赵钟荪提出要和叶嘉莹订婚,如果她不答应,他就不走。叶嘉莹的心肠一下子就软了,想他好不容易找到新的工作,可别耽误了;再说,他对自己也还不错,于是答应了他。

现在回过头看,叶先生说:"我不应该因为同情就答应他,我是好心办了错事。"但在当时,她参不透这些道理,她只是琢磨:人家那些小说、电影都把爱情说得那么美好,我怎么一点都感觉不到呢?

那会儿叶嘉莹已经教了两年多的书，手头有点积蓄了。她出了路费，让赵钟荪先去南京入职。赵钟荪在那边安顿好，就写信给叶嘉莹，催她南下结婚。她随身带了在顾随先生课堂上抄记的八大本笔记及听讲活页笔记，还有一些应季的衣物等，匆匆离京。

1948年3月29日，赵钟荪、叶嘉莹在上海草草成婚，没有举行什么婚礼仪式，只是照了几张结婚照，赵钟荪的姐姐邀请吃了一顿饭。随后，夫妇俩同去南京，在一间临时租住的大房子里，借张大床，买个火炉，开始了婚后的生活。这期间，叶嘉莹的堂兄夫妇来了南京，没地方住，就在大房子里拉个布幔，两对夫妇各住一边。

不久，叶嘉莹在一所私立中学找到了教书的工作。那时中国人民解放军已经解放东北，国民党政府开始紧张，币值混乱。起初是法币贬值，后来是新发行的金圆券贬值，甚至贬到不值制造这张纸币的费用。

叶嘉莹回忆道："我们租房子都不说一个月多少钱，而是说一个月几袋米或者几袋面。因为这个月说一百，下个月连五十都不值了。"物资奇缺,一双鞋子今天卖五元,明天就卖十元,很多商人囤积居奇,不肯卖货。叶嘉莹出去买油,要排很长的队。"如果排在后边,肯定买不到。南京有个太平商场,到了紧急的时候,货架全是空的。"只有银圆是保值的,他们夫妇每个月拿到薪水,就赶快去兑换银圆。"换银圆的时候,要先把银圆叮叮当当地敲敲,看看是真的还是假的;还可以吹它一吹,再放在耳边听听有没有回声,可以帮助判断银圆的真假。"

叶嘉莹有时去上海看望在那里工作的父亲。父亲不会料理生活,也不会理财。她每次去,就把父亲的脏衣服、脏手帕洗干净。父亲的抽屉里全是他辛苦挣来的钱票子,叶嘉莹说:"他根本不管,不换也不存,都成了一堆废纸。"

叶嘉莹后来写了一套曲子《越调·斗鹌鹑》,反映了当时币制改革后,国民党败退台湾之前,百物腾贵,老百姓争换银圆、民不聊生的景象。里头有一句:"乌衣巷曲折狭隘,夫子庙杂乱喧腾。故家何处,燕子飘零。霎时荣辱,旦夕阴晴。"乌衣巷和夫子庙都是南京的名胜古迹,本是清雅之地，却喧杂不堪。北望故家，嫁人之后的叶嘉莹怎能独自北归？她的命运从此与丈夫系在一起，"霎时""旦夕"之间，他们又将飘零何处？

渡海到台

1948年秋冬,中国人民解放军取得全国胜利已成压倒之势。11月,叶嘉莹作为国民党海军家眷,随丈夫在上海登上了驶往台湾的"中兴轮"。

这一路颇为辛苦:在"中兴轮"的统舱打了大半宿地铺之后,第二天天还没亮,就到了台湾东北角的港口——基隆;然后换乘火车,午夜时分抵达台湾南部的左营,胡乱吃点东西,找个小旅馆住下;第三天,才有人接他们到海军宿舍。

叶嘉莹回忆道:"那是日式的房子,房前有一种树,树上结了一些绿色的瓜,我们不敢吃,后来才知道是木瓜。到了晚上你坐在屋里,就听见房顶上有叽叽咕咕的声音，不知道是什么东西，也不是鸟叫，而是一种稀奇古怪的声音，后来才知道是壁虎在叫。"

叶嘉莹努力适应着左营的气候、水土，但无事可做、无书可读如何挨得下去呢！她之前托运的书籍等行李，已在辗转的长途邮运中全部遗失。

1949年春天，北平老家邻居许寿裳的儿子，正在台湾大学教书的许世瑛听说叶嘉莹到了台湾，就介绍她到台湾中部的彰化女子高级中学（简称彰化女中）教国文。她去了彰化，丈夫留在左营，父亲已于这年年初随国民党的航空公司撤退到了台南，后又到了台北，一家人分居三处。

这年春夏，"白色恐怖"蔓延到彰化女中，一位姓杨的女教师第一个被抓起来。何为"白色恐怖"？我们先来看看"白色恐怖政治受难者纪念碑"上的碑文。这座纪念碑是为了追思苦难、汲取教训，于2008年4月7日在台北建立的。

碑文写着："台湾实施戒严期间（1949年5月20日—1987年7月14日）及其前后，有许多仁人志士遭受逮捕、羁

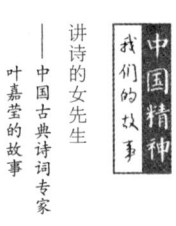

押或枪杀，时间长达四十多年。此种惨痛事实形成恐怖气氛，笼罩整个社会，成为台湾人民挥之不去的梦魇，影响社会发展至深且巨，史称白色恐怖……"

简单来讲，台湾"白色恐怖"就是指国民党败退台湾之后以肃清"共匪"为目标的捕杀、戡乱、戒严措施。为防止出现"漏网之鱼"，"肃谍"对象被任意扩大，大有"宁可错杀一千，不可放过一个"的势头。

厄运在毫无预兆的情况下突然降临到叶嘉莹身上。她回忆道："1949年12月24日圣诞节前夜，我先生来彰化女中看望我们，那会儿大女儿刚刚四个月大……次日凌晨天没亮，有人敲门，进来就把我先生抓走了。"在这之前，夫妇俩在左营的家刚被查抄，伯父写给她的《送侄女嘉莹南下结婚》的诗幅就是在那时候被抄走的。老师顾随的赠别诗《送嘉莹南下》已被她装裱起来，抄家的人以为这只是幅"书法作品"，不感兴趣，没有抄走。

1950年6月底至7月初，彰化女中期末考试刚刚结束，包括叶嘉莹和女校长皇甫珪在内的六名教师都被抓了起来。叶嘉莹被抓,是因为丈夫被抓了。女校长被抓,是因为她学校的老师被抓了,而且,她叔叔回了大陆,那她的嫌疑就更大了。这种可笑的逻辑让叶嘉莹愤懑和无奈:"'白色恐怖'时期,台湾当局很害怕共产党,他们觉得每个人思想都有问题。"

老师们被投进彰化警察局,写自传、自白书,随后将被送往台北的"宪兵司令部"。叶嘉莹抱着吃奶的孩子,向彰化警察局局长求情:"我先生已经被抓起来了,我一个人带着吃奶的孩子在台湾无亲无友的,把我送到台北,举目无亲,万一有个什么事情怎么办?在这里起码还有我的同事和我教过的学生,有什么事还有他们照顾着,你就把我还关在彰化警察局吧,反正我也跑不了。"

留在彰化警察局的叶嘉莹不久被放了出来。有人劝她:"彰化女中你是不能再待了,这里出了这么多事,你先生还没有被放出来,万一过两天再把你抓起来怎么办呢,不如离开吧。"

她想想也对,但去哪里呢?

叶嘉莹写于此时的一首诗《转蓬》，诉尽了天地茫茫、无家可归的悲苦和无助。"转蓬辞故土，离乱断乡根。已叹身无托，翻惊祸有门。覆盆天莫问，落井世谁援。剩抚怀中女，深宵忍泪吞。"

叶先生后来曾对自己这首诗做过讲解："转蓬辞故土，离乱断乡根"，我就如同是一棵蓬草，被风吹断了根，在空中随风飘转。现在有人到美国留学，可以给家人写信、打电话，想回来就坐飞机回来了。我们那时是在战乱中，离开故乡到了台湾，跟大陆断了消息，根本无法联系。"已叹身无托，翻惊祸有门"，我先生被捕，我也被抓，连个宿舍都没有了，真是没有托身之所。人说"福祸无门，唯人自招"（意思是灾祸和幸福不是注定的，都是人们自己造成的），可灾祸对于我就好像有个门，说来就来了，真是无妄之灾，是你想不到的。"覆盆天莫问，落井世谁援"，莫名的灾祸就像一个盆扣在你头上，看不到天日。当时在台湾你有了"思想问题"，人家都不愿意沾染你，就好像是你落在井里了，又有谁能给你施援手呢？不要说当年,就连我到了加拿大以后,因为1974年我回国探亲时写了一首《祖国行长歌》,被台湾当局知道了,就在报纸副刊上发了一大篇文章,标题是《叶嘉莹你在哪里》,那时台湾的亲友都不敢跟我通信。"剩抚怀中女,深宵忍泪吞",现在我所能做的,只剩下好好抚养我的女儿,深夜里忍泪吞声。

无家可归的叶嘉莹只好带着女儿,来到左营,投奔丈夫的姐姐。丈夫姐姐家很挤,只有两间小卧室,姐姐、姐夫住一间,她的婆婆带着两个孩子住一间。叶嘉莹和她的女儿怎么办呢?

"就睡在走廊里。"叶嘉莹细说起那时候的艰辛,"走廊也很窄,没有床铺,白天当然不能睡。到中午吃过午饭,人家都要睡午觉了,小孩子睡觉没那么准时,我怕吵了人家,就抱着女儿到远处的树下去转。左营位于台湾的南部,夏天特别炎热。有的时候我抱着女儿在大太阳底下走好远,到军营办公室去打听我先生的消息。到了晚上,小孩子可以随便放一个地方先睡,我一个年轻的女子,只有等人家都睡了,我才在走廊铺一条毯子,打一个地铺睡下。早上很早我就得起来,把东西收拾干净,因为等一下大家都起来了,我不能把地铺留在走廊上。"

经过难挨的酷夏,1950年9月,叶嘉莹总算解决了住的问题——她的堂兄要到其他学校教书,就把他原来在台南的私立光华女子高级中学(简称光华女中)的职位介绍给了叶嘉莹。学校有个大宿舍,中间是通道,两侧是住房,每侧住两家,叶嘉莹和她的女儿是其中一家。女儿刚满周岁,会淘气了,叶嘉莹既要带孩子,又要做饭、备课、上课,常常是顾得了这头就顾不了那头。后来她找了个台湾本地的女孩帮忙带孩子,有时女孩请假,叶嘉莹就带着女儿去教课。"我把她放在教室后边一个空位上,给她一张纸、一支笔让她乱画。有时她忽然说'妈妈,我要尿尿',我就赶快带她去上厕所。幸好同学们还都不错,也不说什么。"

在光华女中,叶嘉莹经历了来台以后最大的一次台风。那天晚上,屋外台风呼啸,她和女儿躲到竹床底下,忽见外面都是火光,有人大喊大叫。原来,马路对面有所小学,一部分教室临时驻扎了军队,台风把他们住的教室屋顶给掀开了,把电线也给吹断了,士兵点起蜡烛整理房屋,不小心引起了大火。幸好,大火没有殃及叶嘉莹母女。

1951年和1952年,叶嘉莹各写了一首词。第一首是《浣溪沙》:"一树猩红艳艳姿,凤凰花发最高枝。惊心节序逝如斯。中岁心情忧患后,南台风物夏初时。昨宵明月动乡思。"其中第一、二句和第五句都是写初夏时节的风物,凤凰木盛开,景致虽美,却有强烈的异乡之感。"惊心节序逝如斯"讲的是接二连三的灾祸和忧患,这让时年仅二十七岁的叶嘉莹有了沧桑的"中岁心情"。"昨宵明月动乡思",讲的是昨晚看到天上的明月,她忍不住想起同一个明月之下的故乡。第二首词是《蝶恋花》,我们放在第四章中再讲。

母女俩在光华女中相依为命,生活了三年。这期间不光有生活上的艰辛,还有难言之隐。因为时间一长大家都很奇怪,一个年轻的女子带着个孩子,整年都不见她丈夫出现，这怎么回事啊？叶嘉莹没法跟人家解释。"我不能说我先生因为'匪谍'嫌疑被关了，那还了得，学校哪儿还敢聘我！我不就又无家可归了吗？这些我只好默默地承受着。"1953年，台湾当局找不到赵钟荪"通匪"的证据，就把他放了。他来到叶嘉莹在光华女中的宿舍，窗外围满了学生，大家都好奇地来看他。

1953年前后，台北二女中要招聘国文老师。该校教师吴学琼原在彰化女中担任训导主任，与叶嘉莹曾是同事。吴老师知道叶老师教书不错，便写信来，问她要不要到台北二女中教书。叶嘉莹回信说："我可以到二女中教书，如果能帮我先生找个工作，我们就过去。"吴老师就把叶嘉莹的丈夫安排在台北二女中汐止分部的初中教国文。叶嘉莹一家就到了台北，和在台北的父亲团聚了。

叶嘉莹在二女中教两个高中班国文，兼做一个班的班导师。国文课每周布置一次作文，每班六七十人的作文都要改，班导师还要看大楷、小楷、周记、日记，叶嘉莹忙得不得了。校长王亚权对她很好，同学们也爱听她的课。

有一次，台北教育主管部门的督学来视察国文教学，学校就把他安排到叶嘉莹的课堂上。叶先生记得很清楚，那天她讲的是曹丕的《典论·论文》。"已经打了下课铃，我还没有讲完，就延长一会儿把它结束。那位督学也不走，一直听完。校长一看都下课了，这个督学怎么还不回来，就找到教室来了。后来学校开会的时候还报告说，那位督学认为我的课讲得非常好。"

到台北之后，叶先生去拜望两位老师——许世瑛和戴君仁。许世瑛是鲁迅先生好友许寿裳先生的公子，当年在北平时曾租住叶家外院的房子，随父抵台之前，许世瑛是辅仁大学的老师，虽没有教过叶嘉莹这一班，但成绩第一的叶嘉莹让他很是赞赏。1949年初，正是由于许世瑛先生的推荐，叶嘉莹才在彰化女中找到了赴台之后的第一份工作。

戴君仁先生是叶嘉莹在辅仁大学正式授业的老师。那时的作文规定要用文言写作。叶嘉莹从小就用文言文给父亲写信，经过多年练习，她驾驭文言写作已颇为得心应

中国精神我们的故事 —— 讲诗的女先生 中国古典诗词专家叶嘉莹的故事

手。有一回,戴先生出了个作文题——《书〈五代史·一行传〉后》。那时北平已沦陷,叶嘉莹想,戴先生出这样的题目,想必有一些言外之意,于是在写作时对言外之意做了隐约的发挥。戴先生发还作文本时,给叶嘉莹留下了"反覆慨叹,神似永叔"的批语。"永叔"是欧阳修的字,欧阳修曾作《〈五代史·一行传〉序》,感叹五代之乱,并阐述了君子在乱世中的修为。

许世瑛和戴君仁两位先生听了叶嘉莹的不幸遭遇之后都很同情。恰巧台湾大学招收了一批华侨学生,正想找一个普通话讲得好的老师去教他们大一国文,两位先生于是向台湾大学推荐了叶嘉莹。1954年秋天,叶嘉莹进入台湾大学任教。

那会儿,叶嘉莹的丈夫赵钟荪工作不稳定,找什么工作都干不长,很多时候都闲居在家。一家五口,包括老父亲和刚出生的小女儿,全指靠叶嘉莹一个人。应师友的推荐、邀请,她接下了台湾大学、淡江大学和台湾辅仁大学的国文、诗选、词选、杜诗、曲选等课程,又承担了夜校和电台的讲授任务。超负荷的工作量使她心力俱疲,她患上了气喘病,一呼一吸间,胸腔作痛。

活下去,是重压之下的生活主题。繁忙中,叶嘉莹很少写诗,偶尔为之,也都是诗自己"跑"出来的。1961年春天,她跟学生一起去一个叫野柳的地方郊游,触景生情,写下了《郊游野柳偶成四绝》,其中"岂是人间梦觉迟,水痕沙渍尽堪思""潮音似说菩提法,潮退空余旧梦痕"等诗句均由大海之沧桑联想到了人生之变故。

从1954年到1969年正式离开台湾,叶嘉莹共在台湾大学执教十五年。这十五年虽然辛苦,但幸得许世瑛、戴君仁、台静农、郑骞、叶庆炳等师友相助,她总算能支撑起风雨飘摇的家。

父亲心疼她,他曾给两个外孙女——叶嘉莹的大女儿言言和小女儿小慧写过一首诗《辛亥元旦写小诗示外孙女言慧》:"莺歌燕语报良辰,万物昭苏气象新。似锦韶光应珍惜,如花岁月逝难寻。总是更生须自力,几曾事业总因人。记取春晖寸草句,常思母爱慰亲心。"告诉外孙女不要忘了母亲的辛苦和艰难。

叶嘉莹有一个拿她当母亲看待的学生陈槐安。陈槐安如今已去世,叶先生对他的回忆成了追忆——

"陈槐安是台湾本省人,家在台南,他自己在台北租了房子住。他很小就没有母亲了,继母对他很不好。那时我的两个女儿言言和小慧还很小,他就常常到我家里来,想要感受一下母亲跟小孩的感情,这样就熟了起来,有的时候他还带着我的两个女儿出去玩。以前我不大知道他的身世,后来他才告诉我他从小没有母亲,他在我这里感受到了母亲的感情。后来他就一直管我叫妈妈。这个学生很奇妙,如果在同学面前,他不敢叫出声来,只是把嘴一闭,然后张开,做出发'妈妈'声音的口型。有一天他打电话跟我说:'妈妈,我在院子里种了一棵树,你来看看吧。'我说'你种的树多大多高',他说跟他一样高。他已经是大学的男生,我以为他种了那么高的一棵树呢。我去了一看,是一棵小小的树,他竟然把自己想象成一个那么小的小孩子,一个需要母亲呵护的小孩子。

"那时我在台湾大学、淡江大学、台湾辅仁大学三所大学教书。我先生还在二女中汐止分部教书,不能经常回来,家里就是我带着两个女儿,还有我父亲。台湾常常有大台风,有一天晚上,又是刮起了狂风暴雨的大台风,陈槐安黑更半夜地冒着大风大雨跑来了。风雨之中,忽然间我听见外面有人叫门,我赶快打开门,一看是他,我就说他:'这么大风大雨的你还往外跑?'他说,这么大的狂风暴雨,家里老的老、小的小他不放心,来看一看我家有什么事。他真的是对我很好,他是把我当作母亲一样看待的。

"那时我每天都是搭公共汽车去上课,每天中午或是下午下课的时候,公共汽车都很挤,没有座位。陈槐安就算好了我下课的时间,提前到前边几站上车先占一个位子,等到我上车他就把位子让给我坐,这对于当时瘦弱而又劳累的我是很有用的。台湾的男学生都要服兵役,他去服兵役的时候,到南部的一个地方军训,放假的时候,他还是跑回来到我家里来看我们。有一次,台湾也是刮起了大台风,引起了水灾,从台南到台北中间的路都不通了,火车也没有,我想着他从南部是不能回来了。可是他居然又跑回来了,他说他是步行走过了那一段,才又搭车回来看我们的。"

……

后来,叶先生去了美国、加拿大,期间有二十多年与陈槐安失去了联系。1987年7月14日,台湾"白色恐怖"解禁。1988年12月,叶先生第一次返台讲学,她在很多次同学聚会上都没有见到陈槐安。过了很多年,叶先生又一次返台时,终于见到他。他一个人从台北开车到新竹,等在"妈妈"的宿舍前,一见面还是管叶先生叫"妈妈"。他变化非常大,头发脱落了,叶先生一时都认不出来。这次会面之后没几天,她要离台,陈槐安与数位同学一起去送。两次"母子"相见都是相叙匆匆。没能等来下一次重逢,他便去世了。

"虽然我的学生对我都很好,但是真正把我当作母亲看待的就是陈槐安。"叶先生常常想到《论语》里孔子说,"回也,视予犹父也,予不得视犹子也"。孔子说,颜回把我当作父亲,而我却没能把他当作儿子。对陈槐安,叶先生心里有痛:"我也没能把他当作儿子。"

而叶嘉莹的老师顾随,心里也有痛。与赴台的叶嘉莹多年失去联系之后,顾先生把曾经写给她的赠别诗《送嘉莹南下》抄录转赠给另一位学生,即后来成为红学家的周汝昌,并告诉周汝昌这是当年送给叶生的。诗中那句"分明已见鹏起北,衰朽敢言吾道南"意思是"老朽我敢说,大鹏北起,将把学问向南传播",饱含着对得意门生的期待。周汝昌问:"叶生是谁?现在何处?"顾先生没有回答。那个南下的"叶生",已是他难以再续的念想和无以安放的期待……

师生间的情义似乎永远无法交给天平去称量。一边是叶先生责怪自己没能把陈槐安当儿子,另一边是陈槐安在她那里感受到了母亲的感情;一边是顾随先生一生未能留下一部著作,他有生之年也没能看到叶嘉莹写的论文、出的书,另一边是叶嘉莹出版有《迦陵文集》十卷等著作,她又将珍藏的八本听课笔记交给顾随先生的女儿顾之京整理，最终辑成了《驼庵诗话》。驼庵是顾先生的号。叶嘉莹先生又于1999年以自己退休金的一半设立"驼庵奖学金"，推动学术文化的薪火相传。师生之间的情意虽深，但是当战火、时局横亘其间，隔绝音信，他们唯有彼此默默地怀思和尽量做到不负师恩。

漂泊北美

台湾大学每年放暑假之前,都会举办谢师会。1965年那次谢师会,老师们都还没有入席,校长钱思亮来了。他一见到叶嘉莹就说:"叶嘉莹老师我要跟你说个事,台湾大学与美国密歇根州立大学(简称MSU)有一项交换计划,每两年由两校互派一名教授到对方的学校讲学,我们台大(台湾大学的简称)已经答应美国,明年把你交换到密歇根州立大学,你要准备一下英语。"

这个消息很突然,但也在情理之中。突然的是,叶先生从没想过要去美国教书;情理之中的是,在20世纪五六十年代西方国家对中国大陆实行封锁政策的情况下,中西文化交流的渠道不畅,西方学者想要研究中国古典文学就只能把目光投向中国台湾。他们发现，台湾大学、淡江大学和台湾辅仁大学的古典诗词课都是叶先生在教。当美国密歇根州立大学把研究东亚历史的孔恩教授"交换"给台大后，就向台大提出得把叶先生"交换"给他们。

叶先生本来不想去，回家跟丈夫一说，丈夫一定要她去。牢狱之灾使他对台湾这个地方没有好感，想出去但又出不去，妻子的这个"机会"，让他看到了举家借机离开台湾的曙光。

叶先生英语不好，"七七"事变时她正念初中，此后的英语课就改成了日语课，她早年在北平和台湾的教学也用不到英语，近三十年下来，英语几乎全忘光了。她于是提出，去美国可以，但上课得用中文。由于研究中国文化的西方学生很多都会讲中文，密歇根州立大学便同意了叶先生开出的条件。但毕竟要在美国生活，日常用语得会呀，于是台湾大学校长要她到美国在台湾的文化办事处英语班去学习英语，当时用的课本是《英语900句》，从Good morning/How do you do学起。

交换计划由美国的福尔布莱特(Fulbright)基金会支持,对即将交换的学者,基金会要进行面谈。

1966年春夏之交,来与叶先生面谈的,是哈佛大学东亚系的主任海陶玮(James R. Hightower)先生。当晚,叶先生与海先生又正好参加了同一个宴会,叶先生回忆道:"海陶玮先生在哈佛大学是研究中国古典诗词的,我们之间有许多共同的话题,所以谈得非常愉快。"

宴会结束后,海先生问:"如果我们邀请你去哈佛大学,你愿意不愿意呀?"

叶先生心想:台大很多人都想出国,我不如去哈佛,这样就能腾出一个名额,让台大再派一位老师去密歇根州立大学,这不是两全其美嘛!

当她把这个打算告诉钱思亮校长时,钱校长很生气:"我们这是去年就安排好的,已经跟密歇根州立大学签了约,就是要把你交换去的,怎么能临时换人呢?不可以,你一定要去密歇根州立大学。"叶先生服从台大的安排,把哈佛的邀请推掉了。

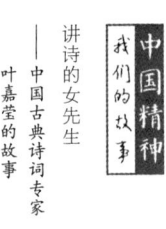

可海陶玮先生不想放弃。他那会儿正在研究陶渊明的诗，中国的古诗很微妙，他希望能有像叶先生这样懂诗的人对他仔细讲一讲。他于是建议："密歇根州立大学不是9月才开学吗？那你一放暑假就先到哈佛，至少能停留两个月，我们可以利用这个时间合作研究，等到开学的时候你再去密歇根州立大学。"

这个方案可行，叶先生答应了。这年刚放暑假，叶先生带着两个女儿，踏上了飞赴北美的行程。中国台北、日本东京，美国西雅图、芝加哥、波士顿，一路辗转，托运的行李像她当年赴台一样又遗失了。

母女三人住进哈佛大学的宿舍。买好必需的生活用品之后，叶先生在海先生的帮助下，将初中一年级的小女儿送进暑期夏令营，将高三年级的大女儿安排在图书馆管理图书。紧接着，两位先生便潜心投入了合作研究。

这为期两个月的合作研究有两个主题：一是东晋诗人陶渊明的诗，二是南宋词人吴文英的词。海先生虽然能看懂中文，可很少讲汉语，即使叶先生英文很差，他也不肯讲,叶先生就只好跟他说英语。叶先生的英语日常会话进步很快,更让她有收获的是,她从海先生那里学会了许多用英语表述中国古典诗词的专业术语。海先生帮叶先生翻译了一篇论文《论吴文英词》,拿到哈佛学报发表。叶先生后来还以这篇论文,第一次参加了北美汉学界的论坛。

两个月的暑假很短,一下子就过去了。赶在开学之前,叶先生带上两个女儿来到密歇根州立大学。临行前,海先生与她约定:"你到密歇根就教一年,不要延期,然后你就回到哈佛来,我们继续合作研究。"

9月底10月初的样子,密歇根下了入冬后的第一场雪。那里是个大湖区,水气很重,雪纷纷扬扬,半天就能没过膝盖。叶先生两个女儿是在台湾出生的,以前从没见过雪,更别说这么大的雪。两个孩子兴奋得不得了,跑到雪地上滚来滚去,还弄个杯子,接了一杯雪,回屋浇上果汁吃,说是跟台湾的刨冰差不多。

叶先生在密歇根州立大学讲课之余,又去旁听了两门课,一门是西方文艺理论,另一门是英文诗——她的英语

听力经过几个月的训练，居然可以去旁听全英文的课程了。

听课的除了叶先生，都是西方人。讲解英文诗的老师有一天突然向叶先生提问："你们中国人读诗，是不是也有吟诵？"这可真是问到叶先生头上了，她便吟诵了一首。那老师非常感兴趣，邀请叶先生为他的学生做一次关于中国诗吟诵的英语演讲。叶先生接下了这个前所未遇的挑战，她的底气来自跟海陶玮先生合作研究的那两个月。她说："虽然我在来美国之前自己也恶补了一些英文，背了《英语900句》，但那只是日常用语。文学有很多特别的术语，像'五言律诗'怎么说，'七言绝句'怎么说，这些术语都是跟海先生做研究的时候学来的。"叶先生用英语为学生成功讲授了一堂课，英文诗的老师听得兴致盎然，因为他过去从来没有听人讲过中国诗，更没有听过中国诗的吟诵。他对叶先生的女儿说："你母亲是天生的会讲诗的人！"

一年期满，密歇根州立大学想与叶先生续签聘约。她记得与海陶玮先生的约定，没有续签，于1967年7月回到哈佛大学。这年冬天，叶先生办好了申请眷属团聚的手续，把丈夫从台湾接到了美国。

回忆起再返哈佛之后的那一年,叶先生总是一副很享受的表情:"那时我正在研究王国维,真是整天都在图书馆里边。我自己的生活非常简单,早晨吃两片面包就去上课,中午就做一个三明治,我再多做一个三明治就是我的晚餐。当地的老师一下班就回家了,海先生也是下班就回家吃饭。每天下班以后,整个图书馆常常就是我一个人在里边看书。晚上我出来时,要一个一个地关灯。因为我整天都在写王国维,当我从黑暗的通道走过的时候,竟然常常会觉得王国维的精魂似乎就徘徊在附近。"

在哈佛大学燕京图书馆的二楼,海先生和叶先生各有一间办公室。叶先生那间的窗外,有一株高大的枫树。她刚来的时候是夏季,窗前是一片浓密的绿荫。秋天到来以后,绿色的树冠逐渐变得红黄相间。蘸着秋色,她写了两首思乡的词。

第一首词是《菩萨蛮》:"西风何处添萧瑟。层楼影共孤云白。楼外碧天高。秋深客梦遥。　　天涯人欲老。

暝色新来早。独踏夕阳归。满街黄叶飞。"碧天、白云之下，夕阳、暝色之中，高楼之外，已届中年、即将老去的她顶着秋风，踩着黄叶，独自晚归，她这异乡客的归乡梦，是多么遥远。

第二首是《鹧鸪天》："寒入新霜夜夜华。艳添秋树作春花。眼前节物如相识，梦里乡关路正赊。　从去国，倍思家。归耕何地植桑麻。廿年我已飘零惯，如此生涯未有涯。"

叶先生对这首词的讲解是："寒入新霜夜夜华"，哈佛大学9月就开始结霜了，天开始冷了。"艳添秋树作春花"，台湾纬度低，冬天很暖和，我在台湾是看不到红叶的，但在美国可以看到，哈佛大学我的办公室外，枫树的叶子一天天变红了，像春天的花一样。"眼前节物如相识"，眼前的季节，这地上的新霜，这树上的红叶，我都是熟悉的，因为北京的地上也会下霜，北京的树叶也会变红。"梦里乡关路正赊"，可是我的故乡还在梦里，不知道什么时候才能回去。"从去国，倍思家"，我说的祖国当然也包括台湾，台湾是祖国的一部分。我在台湾时很怀念祖国大陆，但我离开了台湾就更加怀念大陆了。因为我以为到了美国就可以回大陆了，可大陆那时候已开始"文化大革命"，我一直不敢跟北京老家的亲戚联系。所以我说"归耕何地植桑麻"。陶渊明的《归田园居》不是说"但道桑麻长"吗？我不知道哪一年才可以归去。"廿年我已飘零惯"，从1948年离开故乡，二十年来我已经习惯了飘零。"如此生涯未有涯"，我不知这样的海外漂泊的生活哪一天才能结束。

1968年9月，又到了"秋树作春花""满街黄叶飞"的时候了，叶先生在哈佛的聘期已满一年，她打算一个人先回台湾。

海陶玮先生执意挽留。他说："台湾当局对你们那么不好，把你们关了那么久，你就不要回去了，我们还继续聘你。"叶先生婉言谢绝："虽然台湾当局对我们不好，可是台湾大学、淡江大学、台湾辅仁大学这三个学校的老师们都对我很好。我在这三个大学都有课，现在快开学了，我怎么可以突然就说不回去了，把三个学校的工作给撂了,我不能那样做人;还有我也不能光把我先生和两个女儿带出来,而把老父亲一个人留在台湾。等我把这些学校的工作安排好,把我父亲接出来再说吧。"海先生一看她态度坚决,没有别的办法,就让她写了一个研究计划,为一年之后再次聘请她来哈佛做准备。

1969年,再次收到哈佛寄来的聘书之后,叶先生正式办理了离开台湾大学的手续。可当她想把父亲一起接去美国时,签证过程中遇到了麻烦。办事员说:"你的先生和孩子已经在美国了,你再把你父亲接走,等于是移民了,那你直接去办移民吧。"从头办移民不是不可以,但流程太长。叶先生的两个女儿在美国一个念大学,一个念中学,丈夫没有工作。那时候美元跟台币的汇率是1∶30,她若在台湾多耽误些时日,女儿的学费都将负担不起。海陶玮先生给她出主意:"干脆先申请加拿大签证,从加拿大再申请去美国就容易了。"

按海先生的建议,叶先生来到加拿大西部的大城市温哥华。抵达的第二天,她去美国驻温哥华的领事馆办理签证，没想到又遇上麻烦。办事员说："你拿着美国的聘书，怎么不在台湾办理去美国的签证，却跑到温哥华来办呢？所以我不能给你签证，你要办也可以，把材料给我，我用文件给你寄回台湾，让台湾那边办。"叶先生心里知道她在台湾办不成，只好说"那我先不办了"，把证件拿了回来。

看样子，她短期之内是无法去美国了，为了谋生，总得找个工作。热心的海先生又伸出援手，他与他的好朋友——加拿大不列颠哥伦比亚大学（简称UBC）亚洲系的主任蒲立本（E.G. Pulleyblank）联系，问他那边有没有什么机会。蒲立本先生非常高兴，他们亚洲系刚刚成立了研究所，从美国加州大学来了两个博士生，正巧都是研究中国古典诗词的，一个研究韩愈的诗，另一个研究孟浩然的诗。蒲先生正苦恼找不到合适的导师带他们，海先生就把叶先生介绍过来了。

UBC大学对叶先生的要求是，不能只教那两个博士生，还要教一门全校选修的中国古典文学课，而这门课是要用英语教的。叶先生硬着头皮答应下来。这一次不像过去，过去她被"交换"给密歇根州立大学和哈佛大学时，可以跟对方谈条件，要求只用中文上课；现在，她无家无业，别无选择，她的先生和两个女儿都在美国指望着她呢！

她一个人看报纸广告、查地图、搭乘公交车，租好了房，买好了便宜的二手家具和日用品，为两个女儿物色好了学校……然后把丈夫和女儿从美国接过来，又把父亲从台湾接过来。她用羸弱的臂膀，重新支撑起一个家。

接丈夫过来的手续，刚开始办得并不顺利。叶先生到移民局，申请以眷属的身份把丈夫接过来。可移民局的一个官员——而且还是个女的——却说："按照我们加拿大的法律，你是你先生的眷属，你先生不是你的眷属，他不能以你眷属的身份过来。"叶先生告诉丈夫这个情况，丈夫说："移民局说得对，男人就是家长。"无奈之下，叶先生只好去找蒲立本先生："如果我先生不能过来，我就没法留下来。"蒲先生很想把叶先生留下，就给了她丈夫一个助理研究员的名义，她这才把丈夫接了过来。这个助理研究员是名义上的，所以她丈夫实际上还是闲居在家。他像从前一样，对妻子时不时发威，以显示"家长"作风，而真正撑起这个家的，则是他的"眷属"。

一根柱子独自支撑的房子，还能支撑多久呢？

叶先生在《异国》一诗中，写下了"独木危倾强自支"的喟叹，这首诗的前三句是"异国霜红又满枝，飘零今更甚年时。初心已负原难白"。加拿大是枫叶之国，它的国旗的图案就是一片红色的枫树叶子。一到秋天，加拿大到处都是红叶。叶先生已经无法回到台湾任教，也无法回到哈佛，下一步该怎么办呢？这样的无着无落，让她比过去体会到更深的飘零感。她的初心是要回到自己的故乡、自己的家，而现在跑来跑去却跑到了更远的加拿大，这完全辜负了初衷却难以表白。

初到加拿大的叶先生尝遍工作和家庭两方面的辛酸。她既要准备用英文讲课的教材，又担心第二年的工作没有着落，还要承受丈夫的苛责。身心的负重只能一个人默默承受，因为她既不愿意增加老父亲和女儿们的忧虑，更不敢向丈夫诉苦，因为在他的观念中，妻子的诉苦或者有人同情他妻子的劳苦，都是对他的侮辱和讽刺。

叶先生反思道："我那时在思想上并没有什么觉悟，只觉得一切都该逆来顺受，以委曲求全、忍辱负重为美德。"她那时教书所用的课本，是加州大学白芝（Cyril Birch）教授编选的《中国文学选集》，内容是从《诗经》开始的历代重要诗文，其中选有《史记》的《伯夷列传》和《国语》的《公子申生之死》。她在讲述时对这两位中国旧伦理传统中的典范人物，都表示过尊敬和赞扬。

"当时我的想法有两点：一、伦理是双方面的人际关系，而这种关系是维持社会安定的要素。如果人际关系的一方不守伦理的约束，而另一方仍然遵守的话，社会至少还有一半以上的安定力量。二、我认为完美的持守是一种最高的理想，无论人际另一方的行为如何，自己的持守都不该改变，因为品格的持守不只是对人的问题，也是对己的问题。我后来才觉悟到这原来是造成人际关系不平等的一种懦弱的道德观。"

那会儿，她不想争，不敢争，也没有精力去争。尽管她以前曾经用英语做过一堂关于中国诗吟诵的演讲，也曾被夸赞为"天生的会讲诗的人"，但要面向全校开一门用英语讲授中国古典诗文的选修课，可不是件容易的事。

她每天抱着英文词典查生字，备课到深夜，第二天就去讲课。让她欣喜的是："我的课还是受到了学生的欢迎。以前只有十几个学生选这门课，我接了这门课以后，竟有六七十人选，是很大的一个班。我的英语语法也不是完全正确，发音也不是那么标准，靠着查词典这么笨的教法，可是学生们还是很有兴趣。我这人天生是吃教书饭的。"用"笨办法"教了半年之后，让叶先生没想到的是，蒲立本先生竟给并没有博士学位的她颁发了终身聘书。她赶上了一个机会——多年在UBC大学教古典诗词的女教授李祁先生年岁大了，体弱多病，需要一个接替的人，UBC大学便选中了叶先生。

"可以说，这在北美是前所未有的。北美那些拿了博士学位的，而且教了好几年的教师，都不见得拿到终身聘书。"叶先生将此视作"一生的不幸中一次幸运的机遇"。

为了使生活早日安定下来，叶先生接受了UBC大学的终身聘约。

从初来温哥华时前途未卜到获得UBC大学终身聘书，这样的转折让叶先生感慨不已："我对于北美的印象，不管是以前学地理或者在台湾，听人家说的都是美国的地名和学校。根本不知道英文地名Vancouver（温哥华）是个什么地方，而不列颠哥伦比亚大学我从来没有听说过。结果没想到留在这里待了好几十年，天下事真的很难说，你也不知道自己最后落到哪里去。"

而她就是那棵携着生命力草籽的蒲公英，即使飘落到再遥远再荒凉的地方，也会把根深深扎进去。

第三章 异国传讲

弘诗——登各方讲坛

施吉瑞(Jerry Schmidt)和白瑞德(Daniel Bryant)原本都在美国加州大学念书。那会儿,美国正在打越战,很多年轻的大学生不愿意打越战,为了逃避征兵,有些就跑到加拿大来。1969年,施吉瑞和白瑞德从加州大学来到加拿大不列颠哥伦比亚大学亚洲系读博士。系主任蒲立本一时找不到合适的导师带他们,他的好友——哈佛大学的海陶玮先生正好就把初到加拿大的叶嘉莹先生介绍了过来。施吉瑞和白瑞德成了叶先生在UBC大学指导的第一批博士生。

施吉瑞和白瑞德跟着叶先生研读韩愈、杨万里、孟浩然……待他们毕业后,也成了像叶先生一样在西方传播中国古典诗歌的文化使者。施吉瑞留在了UBC大学,在叶先生退休后，他接下了中国古典诗的课程。白瑞德去了维多利亚大学，教中国古典文学。两个弟子在叶先生眼里各有长处："施吉瑞比较专一，只教中国古典诗。从唐宋直到明清的诗人他都有研读的兴趣。他的中文很好，勤于做研究，一个美国人，能教中国古典诗实在很难得。白瑞德兴趣比较广，也研究中国当代小说，还写过有关明朝高启的诗和南唐词的论文。"

叶先生后来又带教了一些学生，她一个个如数家珍："有个学生叫陈山木，他后来留在了UBC大学，负责中国语言方面的课程，还曾协助中国主持汉语教学的工作，在温哥华设立了孔子学院；另有个学生叫方秀洁，她的博士论文写的是吴文英的词，她是我的学生中对词的感受能力最好的一个；还有一个学生叫梁丽芳，写的论文是柳永的词，后来研究了当代小说；还有从香港来的一个女学生叫余绮华，曾经在西门菲沙大学教书……"

2009年4月，时年十一岁和九岁的美籍华裔姐妹张元昕和张元明在妈妈邓路的陪伴下，利用春假从美国纽约来到加拿大温哥华的UBC大学，跟着叶先生学习古典诗词。后来，母女三人又追随先生来到天津的南开大学，如今，元昕是叶先生的硕士生。元昕想沿着先生的路，未来也从事中国古典诗词的教学和传播工作，行走于东方和西方，把诗词之美带给全世界。

叶先生在海内外传播中国古典诗词的舞台，并不止于UBC大学的课堂。1966年夏，1967年夏至1968年秋以及1970年之后的很多个暑假，她都去哈佛大学，与海陶玮先生合作研究，完成了《中国诗歌研究》一册专书巨作，另外，叶先生还在该校讲授了一门中国诗词课程。除了密歇根州立大学、哈佛大学以外，她还曾被哥伦比亚大学、明尼苏达大学、新加坡国立大学、香港城市大学聘为客座教授；也曾被美国耶鲁大学、奥利根大学，加拿大西门菲沙大学、温哥华岭南长者学院，日本福冈九州大学，香港中文大学、岭南大学、浸会大学等学校请去讲学；台湾各大学的返聘更是难以计数；至于在中国大陆，更曾被各大学争聘为客座教授。从1966年起，她到北大西洋百慕大岛、加勒比海美属维尔京群岛、美国威斯康星大学、加拿大哈利法克斯、美国缅因州等地参加过多次西方世界举办的与中国古典文学有关的会议、论坛,提交相关论文、做相关演讲并结交了诸多热爱中国古典文学的国际友人。至于给文化团体讲课,则更是不计其数。

叶先生说:"我这个人一生到处讲课,没想到居然讲到佛寺里边去了。"说来,这里头有个故事——

叶先生有个学生叫蔡宝珠,是个很虔诚的佛教信徒,吃素,而且还修行"不倒单"——不躺下睡觉,而是盘腿坐在那里休息。她非常喜欢听叶先生的课,上课的时候常常录音,每到寒暑假,蔡宝珠就住到美国旧金山的万佛城。在万佛城,她有时会听叶先生讲课的录音,所以她的师父也听见了。师父法号上宣下化,人称"宣化上人",老家在中国东北。他不仅善于讲道,也很有经营事业的才能。他收了个大弟子,是个美国人,法号恒实。宣化上人为了扩展他的事业,相中了温哥华"中国城"的一处地方,建了一座庙,取名叫"金佛寺",派大弟子主持这座庙。1984年,宣化上人来金佛寺说法。叶嘉莹先生虽然对于佛法没有专门研究，但她总听蔡宝珠说起她师父，便想着去见识一下、学习一下也挺好，于是跟着蔡宝珠一起去听宣化上人说法。哪里想到，宣化上人一听说叶先生来了，就在讲台上邀请叶先生上台，让她来讲。叶先生说："我不懂佛法，不会讲。"宣化上人说："你不用讲佛法，爱讲什么就讲什么。"于是叶先生就讲了陶渊明《饮酒诗》里的"结庐在人境，而无车马喧。问君何能尔？心远地自偏"。因为金佛寺就在繁华的"中国城"，可这座庙却真是清修的好地方，在这里清修的人对外边喧闹杂乱的环境充耳不闻。等叶先生讲完，宣化上人就对大弟子说："你把叶先生讲的给大家翻译成英文。"大弟子恒实是美国人，毕业于加州大学，中文、英文都很出色，翻译水准极高。

叶先生在佛寺的这一课甚是精彩，宣化上人说："叶先生你讲得很好，你以后每个礼拜都来讲一次吧。"叶先生便答应了。"我这个人不大会拒绝，人家求我的事，只要我能做到的我都做。这次我只讲了陶渊明《饮酒诗》的一首,可《饮酒诗》一共有二十首,于是我就从头讲起,介绍陶渊明这位作者,他生活在一个什么样的时代,他的诗中表现了一种什么样的人格修养,一直讲下去。"那时,叶先生已经开始每年利用假期回祖国讲学,她在金佛寺讲到《饮酒诗》第十八首的时候,又到了该回国的时间,她便对听课的信徒们说:"下个礼拜我就要回中国了,没有时间了,我不能再讲下去了。"多年以后,她的学生蔡宝珠正式削发剃度,到美国加州万佛城去学佛了。

解诗——用西方文论

"叶嘉莹是誉满海内外的中国古典文学权威学者,是推动中华诗词在海内外传播的杰出代表。她是将西方文论引入古典文学从事比较研究的杰出学者。""在世界文化之大坐标下,定位中国传统诗学。"这两段,分别引自2008年"中华诗词终身成就奖"和2013年"中华之光——传播中华文化年度人物奖"的颁奖词,都称赞了叶先生运用西方文论将中国诗词推向世界的功劳。

但对叶先生而言,她并不是为了标新立异,更不想标榜自己的博学多才,这只是在被迫中为寻找突破而意外达到的一种效果——在美国密歇根州立大学和哈佛大学讲解诗词时,尤其是不得不用全英文在加拿大不列颠哥伦比亚大学授课时，她发现自己原来的那一套讲课方法不完全适用于西方文化背景的学生。

"比如，你说这首诗很高逸，那首诗很清远，这首词有情韵，那首词有志趣，这句话有神韵，那句话有境界，你怎么表达？他们怎么理解？"叶先生感到，中国传统的妙悟心通式的评说诗词的方法，很难使西方的学生接受和理解。西方的诗歌和中国的诗词从根本上不同。叶先生介绍道：西方的诗歌起源于史诗和戏曲，是对一件事情的观察和叙述，风格是模仿和写实的；中国从《诗经》开始就是"情动于中而形于言"，是言志的，讲究兴发感动，很抽象。"西方的诗歌好比在马路上开汽车，道路都分得很清楚；中国的诗词像是散步，想要达到那种寻幽探胜的境界，必须自己步行才能体会得到。"

文化背景差异给中国古典诗词的海外传播造成的屏障如何突破呢？叶先生开始寻求外来的器用。"我这个人好为人师，其实更'好为人弟子'。我去旁听西方文学理论，还找来英文的理论书籍。想弄懂那些艰涩的术语非常吃力，可我还是一边查字典,一边饶有兴趣地看下去。""这个太好了,把我原来说不明白的东西说明白了!"对西方文学理论的研读,让叶先生豁然开朗。符号学、诠释学、现象学、接受美学……以这些理论为佐证,叶先生寻到了中国古典诗词在西方世界的悟诗之法、解诗之法、弘诗之法。叶先生早年读书时,曾见过一首小诗:"彩云影里神仙现,手把红罗扇遮面。急须着眼看仙人,莫看仙人手中扇。"叶先生在教书和写作中引用一些西方文学理论,只不过是因为"仙人"在彩云影里,若隐若现,有时一下子看不清楚,叶先生只是借用"罗扇"的方位来指向"仙人"而已。

兴起于德国的现象学,研究的是主体向客体投射的意向性活动中主体和客体之间的相互关系,而中国古老的比兴之说,所讲的正是心与物的关系。比,是你的内心先有一种情感,然后再找到一个外物来比,它是由心及物的;兴,是先有外物,然后引起你内心的感动,它是由物及心的。叶先生一向认为,"兴"是中国诗歌里真正的精华,是我们中华诗学的特色所在。孔子说过,做人的道理第一就是"兴于诗"。

"孔门十哲"之一的子夏曾问孔子:"'巧笑倩兮,美目盼兮,素以为绚兮。'何谓也?"他问的是:《诗经》上说的"笑得真好看啊,美丽的眼睛真明亮啊,用素粉来装扮得绚美动人啊",为什么白色是最绚丽的呢?孔子回答:"绘事后素。"意思是先把质地弄得洁白了,才好作画。子夏于是领悟到:"礼后乎?"他联想到做人,即先要有一颗守礼的心,外在的礼节才能彰显出来。孔子于是赞美道:"始可与言《诗》已矣。"意思是我现在可以与你谈论《诗经》了。由此可见,孔子喜欢富于联想的学生,这样的学生能够从《诗经》中联想到做人的道理。

西方近代文学理论中的符号学认为,人类不仅用符号来交流信息,而且也被符号所控制。也就是说,由于联想的作用,在作品中存在一个具有相同历史文化背景的符号体系,这个体系中的某些"语码",能够使人产生某种固定方向的联想。当然,这个体系必须在说的人和听的人都掌握相当一致的"语码"时,才能够充分实现信息的交流。

这个"语码"不正暗合了中国传统文化中的"用典"和"出处"么？

叶先生举例，晚唐的诗人、词人温庭筠《菩萨蛮》中有一句"懒起画蛾眉"，"蛾眉"就是具有中国文化背景的一个"语码"，并不仅只是因为《离骚》里用了一次"众女嫉余之蛾眉兮"，它就成了"语码"，而是因为用"对镜画眉"作托喻，已经在中国文学中成为一种传统，像李商隐有一首《无题》诗里说"八岁偷照镜，长眉已能画"，这里的对镜画眉指的就是在镜中看见自己，是自我反思和觉醒的一种托喻。中国人很讲究出处，有人说杜甫的诗"无一字无来历"，即他的每一个字都有出处。一般认为，有出处是典雅的，但叶先生认为："天下没有绝对的事情，我们注重出处，不是说非要有出处。有出处的作品，如果只是堆砌古典，而情感上是空的，那就不是好作品；没出处的作品，如果形象反映了自己的真情实感，也是好作品。"

叶先生就拿杜甫举例，杜甫有一首诗《遭田父泥饮美严中丞》完全用了农村通俗的语言。"这首诗说他在四川的时候，跟左邻右舍的乡下人做了很好的朋友。有一个老农夫请杜甫喝酒，喝完一个小缸，不让杜甫走，还要开一个大缸让他再喝。杜甫写当时情况说，'欲起时被肘'，说我站起来要走，被他拿胳膊肘一拐，把我给摁下来了。你看，杜甫有时候也用很通俗的字，并不是每一个字都讲究出处的。"叶先生又拿辛弃疾的《卜算子·齿落》举例，里头的"刚者不坚牢，柔者难摧挫。不信张开口角看，舌在牙先堕"，句句大俗话，哪有什么出处啊，却写得生动而饱含哲理。

西方诠释学认为，任何一个人的解释都带有自己的色彩和文化背景，以此为依据，则可拓宽对中国古典诗词的诠释边界。王国维在《人间词话》的第二则里说："古今成大事业大学问者，必经过三种之境界：'昨夜西风凋碧树，独上高楼，望尽天涯路'，此第一境也；'衣带渐宽终不悔，为伊消得人憔悴'，此第二境也；'众里寻他千百度，回头蓦见（按：当作"蓦然回首"），那人正（按：当作"却"）在，灯火阑珊处'，此第三境也。"这就是王国维独到的诠释。"昨夜西风凋碧树，独上高楼，望尽天涯路"是北宋晏殊《蝶恋花》中的两句，这首词本来是写相思离别的，但这两句却让王国维产生了成大事业大学问者之第一个境界的联想，他认为只有经过"昨夜西风凋碧树"的阶段，才能有"独上高楼，望尽天涯路"的目光；"衣带渐宽终不悔，为伊消得人憔悴"是北宋柳永《凤栖梧》中的两句，整首词是写男女之情的，但这两句使王国维想到了为追求理想而殉身不悔的精神，被他推为成大事业大学问者的第二个境界；"众里寻他千百度，蓦然回首，那人却在，灯火阑珊处"是辛弃疾《青玉案·元夕》里的句子，表面上写一个不慕荣华、甘守寂寞的美人，但这个美人身上，可能寄托着作者辛弃疾的理想人格。这句话里含有坚持不悔，耐得住寂寞的深意，被王国维认为是成大事业大学问者的第三个境界。王国维的这些联想，与原词的主题显然不同，所以他说，"恐晏、欧诸公所不许也"，怕是连这些词的作者都不同意吧。但在诠释学的范畴里，且不说王国维的联想事实上引起了很多人的同感，哪怕就算他一人之见，也是可以的。这有点像西方常说的一句话："一千个人眼里有一千个哈姆雷特。"

接受美学将没有读者的文学作品仅仅看作"艺术的成品"，只有在读者对它有了感受、得到启发之后，它才有了生命、意义和价值，成为"美学的客体"，这正好印证了诗词的感发生命。叶先生认为，流传下来的中国古典诗词不仅仅是"艺术的成品"，更是"美学的客体"。"中国古人作诗，是带着身世经历、生活体验，融入自己的理想志意而写的；他们把自己内心的感动写了出来，千百年后再读其作品，我们依然能够体会到同样的感动，这就是中国古典诗词的生命。所以说，中国古典诗词绝对不会灭亡。因为只要是有感觉、有感情、有修养的人，就一定能够读出诗词里所蕴含的真诚的、充满兴发感动之力的生命。"

有了对西方文学理论的领会和借鉴，叶先生在异国的诗词讲授在兴发感动之外又注入了逻辑和思辨的色彩。她讲通了，听的人懂了，甚至听得津津有味，他们都借助叶先生手里的"罗扇"看到了"仙人"。

第四章 疗愈重创

慈母早逝、孤露之哀

回溯叶先生的一生,她曾遭遇三次沉重的打击。从古典诗词中汲取力量,她一次次走过忧患,走向了更辽阔的人生境界。

叶先生遭遇的第一次重创,是1941年母亲的去世。那一年,叶嘉莹十七岁,本是花开的年纪。

母亲青年时代在一所女子学校教书。有人提亲,把母亲介绍给了父亲。那时还是老式婚姻,结婚双方在婚前是不能见面的。父亲就假借到学校参观,去听母亲讲课。那天,母亲回到家很不高兴,说有个不认识的男人莫名其妙跑到她课堂上,听了一个钟头的课。

去教书的时候,母亲很朴素,虽不化妆,但穿戴得整

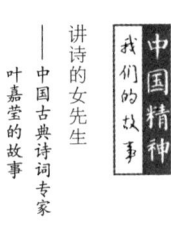

整齐齐。嫁到叶家后,母亲一放学就到祖母房里请安。祖母说:"怎么不化妆啊?"以后母亲一回家就先到自己房间,涂上胭脂抹上粉,再去参拜婆婆。婚后不久,母亲辞掉工作,专心在家相夫理家、侍奉公婆。

叶家保留了许多旗人的习俗。旗人规矩多,儿媳妇在婆婆面前都得站着。晚辈向长辈要行屈膝礼,男人屈左膝,女人屈双膝。从小就受这些习俗熏染的母亲恭顺、贤惠、大气、随和。当她有了自己的女儿嘉莹,她便按照旗人的传统审美来打造女儿。叶嘉莹中学上的是女校,在女校的家事课上,她学会了烹饪、缝纫、绣花、钩针、打毛衣等。

有一次,叶嘉莹绣了一对枕头套,是学校的作业。母亲很会做人,就对她说:"大爷那么喜欢你,把你第一次做的手工成品送给大爷(北京人对伯父的称呼)吧。"

"女孩子光会绣花、织毛衣还不够,要学会做衣服。"母亲于是手把手向女儿传授做衣服的技艺。叶嘉莹回忆道:"那时都穿旗袍,旗袍是最难做的,尤其是那个斜大襟。我家没有缝纫机,都是手工缝,母亲就想了个简单的办法耐心地教我,例如倒扣针、明针暗缝、撬贴边这些基本针法都教会了我。母亲还教我盘扣子,我们北京人叫'算盘疙瘩','算盘疙瘩'旁还有各种盘花,有枇杷花、葫芦花、蝴蝶花。母亲是很讲究美观的,也要求我学会盘这些花。后来我真的自己做了件旗袍穿上了。"

按照中国传统的观念,儿子才能够继承家业。叶嘉莹念书念得好,父亲对她更偏爱,母亲虽有一点点重男轻女,但对她也很疼爱。

有天夜里,姐弟几个都睡下了,母亲还没有睡。叶嘉莹半梦半醒中咕哝了一句:"我的铅笔还没削呢。"说完,她又翻身睡去。油灯下,母亲把女儿所有的铅笔都削好了,装了满满一盒。

那盏油灯,底座是金属的,上面有一个玻璃罩,点着以后,油灯有时会冒烟,时间一长,灯罩就熏黑了。于是就要用一个木头棒子,一头绑上棉花,在玻璃罩里东转西转,就又把它擦亮了。后来家里装了电灯,就方便多了。

上中学后,叶嘉莹做完功课喜欢读一些闲书。四大名著、《七侠五义》《小五义》《福尔摩斯探案集》等,她都看,常常看到深夜。母亲有时先睡,一觉醒来,看到灯还亮着,就说:"黑更半夜都两点了还不睡觉?"叶嘉莹就熄了油灯或电灯,拿个手电筒躲到被窝里接着看。

六月初一是叶嘉莹的生日,母亲会为她提前做好一件新衣裳。之后不久,是外曾祖母的生日,叶嘉莹就会穿上那件新衣。姐弟们都穿得鲜鲜亮亮的,亲戚们个个夸赞,这是母亲最得意的事了。

入秋之后,母亲买来毛线,请人给孩子们织外套。叶嘉莹的那件是浅驼色的,边上有红色毛线织的花纹,她还有顶白色的绒线帽,也是红边儿。她穿到学校去,高年级的同学就喊她"红边儿小孩,红边儿小孩"。

母亲常常回娘家。娘家离什刹海不远。什刹海由西海、后海、前海三个湖泊组成,又称"后三海";什刹海南面是北海、中海、南海,被称为"前三海"。母亲每次带叶嘉莹姐弟回娘家,都要让孩子们顺道去什刹海和北海玩玩。叶嘉莹回忆道:"我们当时总是沿着什刹海中间的一条长堤走到北海的后门,从后门到北海里边玩,我们几个小孩到处乱跑,母亲就在北海里的茶座'濠濮涧'或'漪澜堂'等我们。到我上高中的时候,母亲身体已经不好了,我们再一起去北海的时候,弟弟们去玩,我就陪着母亲,帮她拿东西。母亲感到很欣慰,说:'你小时候那么犟,没想到长大了这么懂事。'在北海玩累了,就再漫步经过什刹海的长堤乘车回家。每到夏天,这条长堤上就搭满了凉棚,里边卖一些鲜藕、菱角等河鲜。母亲常带着我们在一处凉棚下的小店中坐下来,叫几碗摆满了鲜菱和鲜藕的冰碗让我们品尝河鲜。这一直是我最难忘的童年乐趣。"

母亲为人宽厚又不失干练,很会理财。父亲寄回的钱,除去家用,她都攒了起来。几年下来,她找人设计,用攒下的钱在西直门东新开胡同盖了五座小四合院,每座七间房子,三间北房、两间东房、两间西房。母亲打算以后老了,她和父亲住一座,叶嘉莹姐弟三人每人一座,再给娘家一座。抗战爆发后,日寇侵占北平,叶家刚刚盖好的五座四合院整齐划一，非常惹眼，一下子就被日本兵盯上，强征过去，家人却是一天都没有住过。

"七七"事变之后，上海"八一三"事变爆发，日军进逼南京。叶嘉莹的父亲随南京国民政府西迁，与家中断了音信。到1941年，已是四年没有消息，母亲心里牵挂，郁郁成疾。她觉得腹部长了个硬块，还常常流鼻血。伯父给母亲开了些中药，但一直不见好。后经医院诊断，才知母亲患的是子宫瘤，很可能还是恶性的。

这年暑假，叶嘉莹考上了辅仁大学。9月刚刚开学，正逢重阳节，母亲买了些重阳花糕，放到一个瓷罐子里留给孩子们吃，然后就让叶嘉莹的舅舅陪着，去天津的一家德国医院做手术。叶嘉莹也想陪着去，母亲说："你还小，又是刚开学，不用陪我。"叶嘉莹万万没有想到的是，这竟然是母亲与她最后的话别。伯父是医生，家里有电话。母亲去天津两天后，舅舅打来电话，说是母亲开刀后情况很不好。让叶嘉莹不忍回忆的是："已经发现不好了，本来应该留在医院里，可是母亲坚持要回来，一定要回。舅舅只好连夜陪着母亲坐火车回到北京,住进了一家西医医院。等我接到通知赶到医院时,母亲已经去世了。"

叶嘉莹想不明白:母亲离京之前还好好的,虽然久病,但并非卧床不起,怎么就一去不返了呢!她在悲痛欲绝中,写下了《哭母诗八首》和小词《忆萝月》。

母亲去世之后,又是一个春去秋来,叶嘉莹依然走不出失去荫庇的孤露之哀。每次出门,她总感觉好像遗失了什么,每次回来,她又忍不住在家里寻觅什么。身为长姊,她要在物质条件极为艰苦的沦陷区照顾好两个年幼的弟弟,但她并不擅长家务事,屋顶和四壁渐蒙尘土。这时突然等来了父亲从四川寄来的迟到的家信。父亲在信的开头称呼着母亲的名字,在信的末尾祝福着家人。他哪里知道,那个恭敬孝顺、为公公婆婆养老送终的好媳妇,那个把家料理得井井有条、把孩子们教养得个个懂事的好母亲,那个他时时惦念、同床共梦的好妻子,竟已经以土为宅,去了另一个世界。可怜的父亲年届半百,竟有六年客居在外,想必头发已经花白。可恨女儿没有鲲鹏的翅膀,

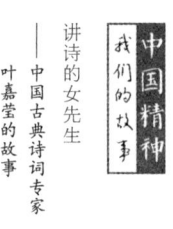

不能飞到父亲那里膝下承欢。叶嘉莹手捧家书,悲怆难抑,写下一首字字泣血的《咏怀》诗:

高树战西风,秋雨檐前滴。蟋蟀鸣空庭,夜阑犹唧唧。空室阒无人,萱帏何寂寂。自母弃养去,忽忽春秋易。出户如有遗,入室如有觅。斜月照西窗,景物非畴昔。空床竹影多,更深翻历历。稚弟年尚幼,谁为理衣食。我不善家事,尘生屋四壁。昨夜雁南飞,老父天涯隔。前日书再来,开函泪沾臆。上书母氏讳,下祝一家吉。岂知同床人,已以土为宅。他日纵归来,凄凉非旧迹。古称蜀道难,父今头应白。谁怜半百人,六载常做客。我枉为人子,承欢惭绕膝。每欲凌虚飞,恨少鲲鹏翼。苍茫一四顾,遍地皆荆棘。夜夜梦江南,魂迷关塞黑。

1942年,叶嘉莹读大二,顾随先生来教她们班唐宋诗课程。叶嘉莹将她在母亲去世之后写下的诗词抄给顾先生看,先生在诗稿上批了几个字:"太凄凉,年轻人不宜如此。"

顾先生体弱多病,但在讲课中所传递的则是大气象和大关怀。他谈到杜甫诗的美感时说,杜甫的诗深厚博大、气象万千。他做了个类比:盆景、园林、山水这些都是表现自然的景物,盆景模仿自然,不恶劣也不凡俗,可是太小;园林也是模仿自然的艺术,比盆景范围大,可是匠气太重,因为它是人工的安排;而真正的大自然,山水雄伟壮丽,我们不但可以在大自然中发现一种高尚的情趣,而且可以感受到一种伟大的力量,这种高尚和伟大在盆景、园林中是找不到的。有的诗人作诗,不是不美,可是就是像盆景,再大一点像园林,范围很小,总是有人工雕琢的痕迹;而杜甫诗的那种博大深厚的感情,那种莽莽苍苍的气象,是真正大自然中的山水。

顾先生还谈到,写诗的人要能够推己及人、推物及物,拿儒家的话来讲,就是"民胞物与",民为同胞,物为同类,要对人、对事、对物、对大自然怀有一颗关怀的心。杜甫说"穷年忧黎元""路有冻死骨",这是对人世、对国家、对人民的关怀;辛弃疾说"一松一竹真朋友,山鸟山花好弟兄",这是对大自然花草鸟兽的关怀。伟大的诗人必须有把"小我"转化为"大我"的精神和感情。把自己胸襟扩大的途径有两种:一种是对广大人世的关怀,一种是对大自然的融入。

顾先生一生经历了北伐、抗战、沦陷、胜利以及解放,他对国事的悲愤以及对祖国的热爱,常常流露于笔墨之中。"七七"事变后,他写过一首《鹧鸪天》,里头那两句"自添沉水烧心篆,一任罗衣透体寒"中,"沉水"和"心篆"是指香的品种和形状,"自添"即"自己时时添加",所以这两句的意思是,我心里有一团火在燃烧,哪怕周围的寒冷一直侵袭身体,那团火都不会熄灭。

叶嘉莹当时背得最熟的,是顾先生的另一首《鹧鸪天》:"说到人生剑已鸣,血花染得战袍腥。身经大小百余阵,羞说生前身后名。 心未老,鬓犹青。尚堪鞍马事长征。秋空月落银河黯,认取明星是将星。"这首词将担荷精神及战斗意志表现得激昂有力,倾诉了先生对故国的怀思以及对胜利期待的坚贞情意。

顾先生既讲如何写诗又讲如何做人,他欣赏的诗风词风也是他践行的人品人格。词慰心,诗励人,顾先生常与叶嘉莹诗词唱和,让她渐渐走出了孤露之哀。

有次在课堂上,顾先生取雪莱《西风颂》中"假如冬天来了,春天还会远吗"的意境,写下两句词:"耐他风雪耐他寒,纵寒已是春寒了。"叶嘉莹遂将这两句填成一阕《踏莎行》:"烛短宵长,月明人悄。梦回何事萦怀抱。撇开烦恼即欢娱,世人偏道欢娱少。　软语叮咛,阶前细草。落梅花信今年早。耐他风雪耐他寒,纵寒已是春寒了。"最后三句的意思是,今年梅花开得早,落得也早,纵然寒冷,春天已经不远。顾先生阅后评批:"此阕大似《味辛词》。"《味辛词》是他早年的词集,他将叶嘉莹这首词的风格说成与自己相似,可谓对她的最大鼓励。

这样的鼓励、欣赏与褒奖极大激发了叶嘉莹的诗兴,她在大学期间创作出很多诗词作品。1944年秋,她将新写的一首七言律诗《摇落》和五首《晚秋杂诗》交给顾先生,让她惊喜和感动的是,顾先生竟然同她唱和了六首。叶嘉莹《晚秋杂诗》中的"鸿雁飞来露已寒"感叹秋露成霜,寒意袭人,而顾先生唱和的《晚秋杂诗六首用叶子嘉莹韵》中"倚竹凭教两袖寒"则勉励她,任凭两袖单寒,你一定要有忍耐的力量。

"淡扫严妆成自笑,臂弓腰箭与谁看",对顾先生诗中的这两句,叶嘉莹先生做了专门的讲解。

"这两句牵涉到中国儒家传统里的持守的问题。中国古代读书人理想中的'士'是向上、向善的。当你具备了这样一种品格,这样一种修养,你是不是希望有一个实践的机会呢?你希望不只是独善其身,还能够兼济天下,'己欲立而立人,己欲达而达人',这才是真正的儒家思想。《战国策》中有一句'士为知己者死,女为悦己者容',可见,哪怕用生死的代价,'士'也愿意得到一个知道你、欣赏你、任用你的人。但是,如果真的没有人知道你、欣赏你、任用你,你没有实践的机会,那怎么办呢?顾先生的这两句诗正是涉及了这个问题。'淡扫严妆成自笑',顾先生在这里自比美女,自己修饰自己,没人欣赏就自笑。'臂弓腰箭与谁看',顾先生又自比善射的猛将,《史记》记载'飞将军'李广猿臂善射。顾先生感叹:'即使我有了像飞将军那么好的本领,又给谁显露呢?'先生的这两句诗表达了即使不被人欣赏而依旧不改持守的寂寞。"

这样的持守,同样表露在顾先生常说的那句箴言中:"一个人要以无生之觉悟为有生之事业,以悲观之体验过乐观之生活。"即使悲愁如海,都要乐观入世,纵有逃禅之心,也不隐居避世。

受顾先生的精神引领,叶嘉莹一改此前悲愁善感的诗风,写出"入世已拼愁似海,逃禅不借隐为名"的诗句,表达了自己直面苦难、不求逃避的决心。

牢狱之灾／婚姻之殇

叶嘉莹先生曾将人生的前两次重创做过比较:"陶渊明说,'人生归有道,衣食固其端(叶先生对陶渊明这句诗的阐释是:我们最终极的目标是一个"道"字,一个最高的理想境界;可是你饿死了还有理想吗?所以,生存的需要——衣食是人类最基本的需要)',又说'敝庐何必广,取足蔽床席(意思是简朴的屋子何必求大,只要能够摆得了床铺就可心安)'。当第一次打击到来时,衣食虽然艰苦,但生活基本上是稳定的,我可以不改常规地读书上学,在学业上有师友的鼓励支持,在生活上有伯父、伯母的关怀照顾,所以苦难对于我才能够成为一种锻炼,而没有造成过大的伤害。但是第二次打击到来时完全不是这样了。那时我已经远离家人、师友,身在台湾。我先生被拘捕,生死未卜,当我经过拘审带着女儿从警察局出来以后,不仅没有一间可以栖身的'敝庐',而且连一张可以安眠的'床席'也没有。"

叶先生将那时候的窘况形容为"上无一瓦之覆,下无一垄之植"。无家可归的她带着女儿寄居在丈夫姐姐家。

1950年9月,叶先生找到了新工作——到台南的光华女中教书,母女俩终于有了简陋的栖身之所。1952年春,丈夫已身陷囹圄两年多,母女相依为命的苦日子似乎遥遥无期,何时才是个头呢?

患难的日子里,叶先生很少创作诗词。"根本没有心情写。像我在大学时写《晚秋杂诗》,一下子写出来五首七言律诗,那是因为有人欣赏。我可以给我的伯父看,给我的老师看,也可以给我的同学看,我的老师还跟我唱和酬答,我还受到赞美。可在台南,我写了诗有人看吗?所以我根本就不写,都是它自己'跑'出来的。"

这年春天她创作的《蝶恋花》,就是这样有感而发

"跑"出来的:"倚竹谁怜衫袖薄。斗草寻春,芳事都闲却。莫问新来哀与乐,眼前何事容斟酌。　雨重风多花易落,有限年华,无据年时约。待屏相思归少作,背人划地思量着。"这首词不仅将叶先生当时面临的困境呈现笔端,更通过今昔对比,烘托了年华易逝、梦想难寻的无望心绪,读来让人唏嘘不已。

叶先生曾对这首词做过详细讲解。"倚竹谁怜衫袖薄",出处是杜甫的《佳人》诗:"天寒翠袖薄,日暮倚修竹。"杜甫写的也是一个在战乱之中与亲人失散的孤寂女子。"倚竹谁怜衫袖薄",是说经过了战乱流离之后,远离亲人的你虽然衣衫单薄,但没有谁会来怜惜你。"斗草寻春,芳事都闲却",当年的北平,虽然是日寇统治下的沦陷区,但是我还有老师,有同学,大家一起学习,春天来了,一群女学生来到颐和园"斗草寻春","芳事"是美好的事情,如今,这些美好的事情都已成过往。"莫问新来哀与乐",不要再问我到底是悲哀还是快乐,快乐固然感受不到了,但难道容许我伤感悲哀吗?"眼前何事容斟酌",生活逼在你眼前，没有你考虑的余地，逼一步就走一步，别无选择。"雨重风多"是指我遭受了太多苦难，我那时真是憔悴、消瘦。在台南与女儿相依为命，我带着她勉强活下去就是了。"雨重风多花易落"，我还不是把自己比作一般的花，一般的花你至少还看见它开过花，开了才落，只是因为风雨的打击、摧残，花容易凋落而已。其实我当时想到的是王国维《水龙吟》的头两句："开时不与人看，如何一霎濛濛坠。"这是说杨花开时从来没有让人看见过，为什么一霎间就完全飘落了呢。我自己就像静安先生（按：静安是王国维先生的字）所咏的杨花一样，根本不曾开过，就已经零落凋残了。我二十四岁结婚，二十五岁冬天丈夫就被抓，虽然我读书时成绩一直不错，可现在不管是学问还是感情，还没来得及有任何作为就全完了。"开时不与人看，如何一霎濛濛坠"，对王国维的这两句词我是感触深刻的，所以我说"有限年华，无据年时约"，青春的年华是有限的，可是你的约言、你的理想、你的期待都落空无凭了。"待屏相思归少作，背人划地思量着"，"屏"字读作"bìng"音,是抛弃的意思,不一定只是男女之间才有相思,对一切美丽的幻想、理想的向往都可以说成相思,每一个青少年都会做梦,可是我现在已经没有资格去做梦了。"待屏相思归少作",就是说我早已准备把所有美丽的幻想、梦想都抛弃了,那都是少年时的事情。"背人划地思量着",但每当更深人静的时候,突然间我又会想起自己曾经有过的梦想。

叶先生写完这首《蝶恋花》的第二年,丈夫被放了出来,一家人随后来到台北。叶先生先是在台北二女中教书,后又到台湾大学任教,但二女中不许她辞职,一定要她把学生教到高中三年级,她最后离开二女中以后,又被淡江和辅仁两所大学请去兼课,担任诗选、词选、曲选等课程。叶先生之所以承担超负荷的工作量,一方面是因为当时台湾各大学对她的热情邀聘,另一方面也因为她是一家五口——包括老父亲和刚出生的小女儿——的经济支柱。她尽管已走出牢狱之灾,但她并未走出悲凉甚至绝望的心境。那时,她喜欢那种把人生写到绝望的作品,读这样的作品，会让叶先生因经历过深刻痛苦而布满创伤的心灵感到共鸣和满足。

除上文提到的《水龙吟》外，王国维还写过一首《浣溪沙》："山寺微茫背夕曛，鸟飞不到半山昏，上方孤磬定行云。　试上高峰窥皓月，偶开天眼觑红尘，可怜身是眼中人。"叶先生认为，在这首词中，王国维不是抒情，不是叙事，也不是说理，他写的是对人生哲理的体悟。

我们来听叶先生对这首词的讲解。王国维曾经说，写实的作品中间也要有理想，而理想的境界要合乎现实。我们从上半首来看，好像是写实的。"山寺微茫背夕曛"，他说山上有一座寺庙，在微茫遥远的地方看不清楚。"夕曛"是傍晚的斜晖，西天落照，太阳已经沉下去了，但还有一点光影在那里。这座寺庙还不是对着斜晖，而是背着斜晖。他这里写的是一个非常高远，非常渺茫的，看不清楚的境界。"鸟飞不到半山昏"是说这座寺庙那么高，那么微茫，看都看不清楚，连鸟都飞不到那里，而且半山的天色已经昏暗了。"上方孤磬定行云"，是说你虽然看不见，也飞不上去，可是你却能听到那上边的寺庙里有孤磬的声音传来。这个孤磬的声音非常美妙，使得天上飘行的云都停在那里不肯离开。这里用的是《列子·汤问篇》的典故。《列子》上说：有一个叫秦青的人，唱的歌很动人，秦青唱歌的时候，"响遏行云"，能把天上的云彩留住。这里写得很妙，上方那个高远的寺庙你看不清楚，也不能达到，可是有一个孤独的击磬声使你动心，吸引着你。所以你就要"试上高峰窥皓月"，"试"是尝试，努力。当你努力想爬到那寺庙所在的高高的山峰上，看一看天上的明月的时候，"偶开天眼觑红尘"，你偶然睁开了眼睛看见了红尘间的人世；"可怜身是眼中人"，可悲哀的是，你自己其实就是你所看见的下面蠕蠕蠢蠢的红尘中的人。

王国维意识到人生的无常、空幻和悲寂，却又跳不出去，他只能在清醒中感受着痛苦。叶先生不正经历着这样的痛苦么！1957年，台湾的教育主管部门举办了一次诗词欣赏的系列讲座。叶先生演讲结束后，主办人邀她写一篇关于词之评赏的文稿。叶先生以《说静安词〈浣溪沙〉一首》为题,生平第一次写论词的文稿。"我是读了一辈子古典诗词的人,这第一篇赏评文字为什么不写五代、两宋的大家,而写王国维呢?"叶先生自问自答,"用我自己的话说,就是'不得于心者,固不能笔之于手'。如果不是我真的有感受,真的有理解,我是不会把它写出来的。我无论讲诗词还是写论文,都是有自己的感受、自己的体会才写出来、讲出来的。"这样的写作,"带有一点自己的投影"。

不过,当她阐说《浣溪沙》的时候,当她分析数首不同的咏花诗的时候,听的人也许猜不透在这背后,其实有她自己的投影,只知道她在投入的讲解中,仿佛在经历诗人、词人的幸与不幸。她并不向任何人透露她的不幸,外表上也保持住一贯的平和,甚至嘴角还挂着淡淡的微笑。她的同事、学生只记得患了气喘病的她身体极瘦弱,仿佛一阵风就能把她吹倒。台北二女中有个老师曾对叶先生说:"我都不敢碰你,怕把你的手臂拉断。"直到步入"七十而从心所欲,不逾矩"的生命状态,叶先生才偶或谈起过去那段时间所承受的生活和精神上的双重负担。

中国精神 我们的故事

讲诗的女先生
——中国古典诗词专家叶嘉莹的故事

"生第二个孩子的时候,我先生在产房门口等候消息,等我从产房里被推出来时问他几点钟——因为又是一个女儿,他连一句话都不肯回答,掉头就走了。产后第二天我就发了高烧,身体更加虚弱……每天下课回来,胸部都隐隐作痛,好像肺部的气血、精力都已经全部耗尽,每呼吸一下都有被掏空的感觉。同时我还要以没有时间做好家事的负疚的心情,接受来自于夫权的责怨。那时,对于一切加在我身上的咆哮欺凌,我全都默默承受。这还不仅是因为我生长在古老的家庭中,接受过以含容忍耐为妇女美德的旧式教育的原因,而且也是因为当时我实在也没有多余的精力可以做任何争论了。那一阵子我经常梦见自己陷于遍体鳞伤的弥留境地,或者梦见我的母亲来了,要接我回去。"

由同情而开始的婚姻成了她人生的梦魇。但她那会儿不愿意只说他的不好,就归罪于多年的监禁使他变成了那样。"实际上这是个借口,他本来就是如此的。"

如今,叶先生已从社会的因素和性格的因素,完全理解了丈夫的所作所为，他其实也是个身不由己的不幸的人。丈夫赵钟荪已于2008年去世，每当叶嘉莹先生回想起一桩桩过往，已经对他没有任何怨意。

叶先生有一个特点，她谓之"缺陷"——她天生对现实的东西不大注意，时移事往就只剩下影像如烟，但她有写诗的习惯，诗用最精炼的字句，将她那一刻的情境与心境定格，因此借着旧作，就能追忆过往。她不幸的婚姻曾是她最难以启齿的话题，但避开它，她的人生就不完整，更何况她曾说过："第二次打击几乎影响了我的一生。"这里，我们不妨借着她的旧作，去还原她那时的隐痛。

先说《天壤》："逝尽韶华不可寻，空余天壤蕴悲深。投炉铁铸终生错，食蓼虫悲一世心。萧艾欺兰偏共命，鸱鸮贪鼠嚇鹓禽。回头三十年间事，肠断哀弦感不禁。"这首诗如果不解释的话，一般人看不出来这与婚姻不幸有什么联系，更难猜到，叶先生在这里是用欺压兰草的萧艾（一种杂草）和以老鼠为食的鸱鸮（一种猛禽）来暗指不如意的伴侣，而将另一方比作投身火炉、终生被焚烧的铁和以苦蓼为食、一世悲苦的虫。叶先生当初写这首诗，正是想既抒发结婚三十年来内心的沉郁，又不让人看出来。"因为中国的旧传统，对于婚姻的事情是不说的。做妻子的无论有什么样的不幸，一般都是不说出来的，这是中国传统价值观中做女子的一种妇德。"

当沉郁消散，叶先生如今终于能坦然把这首诗的言外之意细细陈说——

"'天壤'其实有个典故——谢道韫嫁给了王羲之的儿子，她觉得王家有不少才智之士，而她嫁的这个丈夫没有那么好的才华，因此感叹'不意天壤之间竟有王郎'，意思是没想到天地之间竟有像王郎这样的人，这感叹背后是谢道韫对丈夫的不满意。如果有人知道这个典故，那么就能看出我写的是婚姻的不如意。只不过谢道韫是因为丈夫才华不好而不满意，而我则与她完全不同。我这个人还是比较宽厚、容让的，我从来不会因为一个人没有才能，没有工作，或者学问低就看不起人家，我总是尽量希望把事情做好，可我的先生却会把美好的东西毁掉。"失业在家的赵钟荪内心烦闷，常常发泄。圣诞节本该是团聚、祥和的时刻，叶先生买了圣诞树，把它装饰得漂漂亮亮的，还给家人买了礼物，可他上去就把它毁了，把树上的装饰扔了一地。

"他的美感经验、品味跟人家不一样。"叶先生说，"比如温哥华我家的院子里有很多树，对于树木我们一般人都喜欢它枝叶扶疏的样子，但我不在家的时候，他找人把那些树的枝子、叶子都给剪了，只剩下光秃秃的很粗的树干。人家都很奇怪，问我你们家这是什么树，怎么都成这样子。我真是没办法回答。"

叶先生加拿大居所庭院里的茶花树就是这样遭到剪伐，但仍有一朵花顽强绽放。叶先生为这朵花写了《为茶花作》："记得花开好，曾经斗雪霜。坚贞原自诩，剪伐定堪伤。雨夕风晨里，苔阶石径旁。未甘憔悴尽，一朵尚留芳。""坚贞原自诩，剪伐定堪伤"是说茶花耐得住风雪严寒，它的品格是坚贞的，可是它却被人伤害了；"未甘憔悴尽，一朵尚留芳"是说虽然它憔悴不已，但还是有一朵花绽放了自己的芬芳。叶先生说:"茶花有这样的持守;在人生的风雪朝暮中,我也是这样的。"

笔者妄自揣测,这样的持守或许是经历了三种境界:最初在不如意中恪守中国旧传统的妇德,叶先生内心深处多多少少还是幽怨、隐忍、自怜的;等到她阅读了一些西方女性主义与性别文化的文章,觉悟到"妇德"其实是男女关系不平等的懦弱的道德观的时候,她依然不改"积习",想必已经少了怨怜,多了自我修为和自我完善,正如叶先生说过,品格的持守不只是对人的问题,也是对己的问题;而当她用心体会了王安石的《拟寒山拾得》一诗,她的持守当中则更增添了一种慈悲和释然。

叶先生记忆里的《拟寒山拾得》和原诗(风吹瓦堕屋,正打破我头。瓦亦自破碎,岂但我血流。我终不嗔渠,此瓦不自由。众生造众恶,亦有一机抽。渠不知此机,故自认怨尤。此但可哀怜,劝令真正修。岂可自迷闷,与渠作冤仇。)并不完全一样,但她更喜欢自己记住的诗句:"风吹瓦堕屋,正打破我头。瓦亦自破碎,匪独我血流。众生造众业,各有一机抽。且莫嗔此瓦,此瓦不自由。"这首诗说的是:风把瓦从屋顶上吹落下来,把我的头打破了;瓦自己也被摔碎了,不只是我头破血流;人类众生之间安排了很多恩怨情仇,它们的背后都有因果;你不要去恨这片瓦,它也是不由自主的。

《拟寒山拾得》犹如一声棒喝——她的丈夫,不正是那片把她砸得头破血流,而他自己却也粉身碎骨的瓦么!她体谅到:丈夫受过的教育,是以男子为中心的,可是事实上他在社会上的能力又不能达到这一切,是社会的因素和他生来性格的因素,才造成他看似无法理喻的性格。对《拟寒山拾得》的体悟让叶先生对早年读诵《论语》时所向往的"知命"与"无忧"的境界,有了勉力实践的印证,并逐渐从悲苦中得到解脱。

晴天霹雳丶丧女之恸

"哭母鬖年满战尘,哭爷剩作转蓬身。谁知百劫馀生日,更哭明珠掌上珍。"叶嘉莹先生写于1976年3月底的这首《哭女诗》,用三个"哭",哀悼她这一生中三位亲人的离别:1941年,抗战正酣,硝烟正浓,母亲走时,叶嘉莹还是个垂发的少女;1971年,她把父亲从台北接到温哥华的第三年,父亲突患脑溢血去世,她那会儿已被聘为UBC大学终身教授,剩下的人生,似乎只能做一棵漂洋过海、随风翻转的蓬草,落在异乡而遥怀故土;1976年,叶先生已年过半百,经历无数劫难之后,她本以为能安度余生,没想到竟又痛失掌上明珠。

这一年春,大女儿言言已结婚三年,小女儿言慧比姐姐小四岁，刚结婚一年，婚姻都很幸福。叶先生趁着这一年亚洲学会即将在美国东部召开的契机，从加拿大西部的温哥华出发，顺道先去加拿大东部的多伦多看望大女儿夫妇。大女儿非常懂事、能干，每回妈妈来，她总要张罗着让妈妈吃好、玩好，这次也一样。几天之后，夫妇俩送妈妈去机场，叶先生要前往离多伦多不远的美国费城，看望正在那里念硕士的小女儿夫妇。叶先生心里很高兴："出来开会，可以顺便看看大女儿，再看看小女儿，真是逍遥自在。"

叶先生刚到费城的当天晚上，接到丈夫从温哥华打来的电话，说是大女儿出事了——大女儿喜欢滑冰、滑雪，那天大概就是去滑雪，夫妇俩开车经过一个十字路口时是黄灯，他们继续前行，侧面一辆大卡车冲过来……这个消息不啻晴天霹雳，对叶先生突如其来的打击如她在又一首《哭女诗》中所写："噩耗惊心午夜闻，呼天肠断信难真。何期小别才三日，竟尔人天两地分。"

她曾在忧患中与大女儿相依为命，对大女儿怜爱有加。她没有儿子，把女婿当儿子对待。大女儿、大女婿的双双殒命,对她是最沉重的打击。她将难以释怀的痛揉进另一首《哭女诗》:"早经忧患偏怜女,垂老欣看婿似儿。何意人天劫变起,狂风吹折并头枝。"

强忍着悲痛,叶先生与小女儿马上坐飞机赶到多伦多料理后事,然后又飞回温哥华。她把自己关在屋里,很多天都不肯见人。

"满腹酸辛说向谁""一生劳瘁竟何为"?

她唯有"痛哭吾儿躬自悼""阿娘空有泪千行"。

大女儿有着悲苦的童年:难产出生;四个月大的时候,父亲被抓;不到一岁,她又跟着母亲,一起被关进彰化警察局;几个月后被放出来,母女俩无家可归,寄居在亲戚家的走廊上;后来,母亲又带着她住进光华女中的宿舍,刮大台风的时候,母女俩就躲在竹床底下;她四岁时,父亲终于被放了出来,但父亲脾气不好,对她而言,享受父爱依然是奢侈的事;她多灾多难,不是磕破了脸,就是摔坏了腿……但她有一个疼她、爱她、庇护她又精心教养她的好妈妈。她这个从苦难中长大的孩子,身上没有留下任何愁苦的痕迹,她是那样活泼、乐观、优秀。

大女儿的数学、国文、英文各门功课都很棒,而且是均衡发展。她小时候,母亲就告诉她,写作文要写你的感情、你的观察,要有自己的东西,所以她作文写得好,国文老师很喜欢她。考高中时,母亲陪她去考场。她在考场上奋战,母亲在考场外,准备好了食品和饮料。她一出考场,母亲不问她考得如何,怕给她增加压力,只是递上喝的、吃的,给她扇扇子。她很有出息,考上了台北最好的女子高中——台北市立第一女子高级中学。

后来,她和妹妹随母亲去哈佛。那个暑假,妹妹去了夏令营,学学英语,熟悉一下美国生活。而她的英语已经很流利了,对美国的生活很快就适应了。她由海陶玮先生安排在图书馆管理图书,也正好可以挣点钱贴补家用。她性情活泼,和杜维明、李欧梵、梅广等很多正在哈佛留学的中国学生都有来往,这些学生要拍一个反映海外留学生的片子,还找她一起去拍。暑假过后,她和妹妹又随母亲来到密歇根。只念了一年,她就拿到密歇根州立大学的奖学金,可以免费上大学。当地的报纸发了消息,说有一个外国的学生来美国只念了一年书,就以优异的成绩得了奖学金。可是一登报纸,就被学校发现——因为她不是美国公民,奖学金是不发给外国人的,所以就又取消了。

大女儿很要强,很能干,什么都要学。在美国,因为上学远,她弄了辆自行车自己练习。她还是叶先生一家第一个学会开车的。

……

大女儿二十七岁的短暂生命,过得艰辛而灿烂,如夏花一般,艳过一季,就在朔风中凋落了。叶先生心痛不已,写下了"万盼千期一旦空,殷勤抚养付飘风。回思襁褓怀中日,二十七年一梦中"。她悲叹:"你对小孩子进行培养的时候,抱着很多的期望;但人生真是很难说,你自己这样安排,那样安排,可是你的生活、你的生命究竟会发生什么事情,是任何一个人都不能预料的。我真没想到我的命运竟是如此坎坷,才挨过了半世忧劳艰苦的生活,竟在五十多岁的晚年遭遇了如此重大的不幸。真是'平生几度有颜开,风雨逼人一世来。迟暮天公仍罚我,不令欢笑但余哀'。"

在数十天闭门不出的哀痛中,叶先生写下了十首《哭女诗》。

这是用诗给自己疗伤的过程。"写诗时的感情,自然是悲痛的,但诗真的很奇妙。"叶先生说,"当你用诗来表达不幸的时候,你的悲哀就成了一个美感的客体,就可以借诗消解了。"当然,这样的消解还不能让她真正从痛苦中超脱出来。

但也正是这个最沉重的打击,让叶先生对老师顾随曾经说过的"一个人要以无生之觉悟为有生之事业,以悲观之体验过乐观之生活"有了更深刻的体会和了解。叶先生说:"痛苦到极点的时候,你反而有了一种觉悟,才真正会把自己投向更广大、更高远的人生境界。古人说物必极而后反,也许正因为我的长女言言夫妇的去世给了我一个最沉重的打击,所以使我在极痛之余,有了一种彻底的觉悟。"

从1979年起,叶先生往返于大洋两岸,一次次回到祖国讲学。她有时带着小女儿言慧一同回来,她讲中国古典诗词,小女儿讲英文,有点像"买一送一"——但又不是,因为只要是回国讲学,叶先生都不收取报酬,所以是双倍的赠送。

一谈起小女儿,叶先生的语气轻快、骄傲:"我小女儿1966年随我一起去美国的时候才刚上初一,英语还不太会说,但她年轻、肯学,现在是我们家英语说得最好的。因为她能熟练掌握中文和英文两种语言,所以在加拿大由华裔和当地人一同参加的很多聚会,都邀请她当主持人。"

叶先生回忆道:"有一年我们母女到北京师范大学(简称北师大)讲学。新中国成立后,辅仁大学并入了北师大,所以我相当于回到了母校。北师大为了招待我们,特意安排了两次旅游,一次去了泰山,一次去了承德避暑山庄。我小女儿夫妇那会儿还没要孩子,所以那段日子对她而言,很是逍遥自在。"

1999年,她以退休金设立了"驼庵奖学金"和"永言学术基金"。叶先生解释道:"'驼庵'是我的老师顾随先生的庵号,'永言'从我大女婿的名字"永廷"和大女儿的名字'言言'里各取一字。前者表达的是我对老师的怀念和感谢,后者表达的是我对青年的继起者的关怀。我已经完全超越了个人的得失悲喜,我只想为我所热爱的诗词的传播做出毕生的努力。"

如今,这样的生命状态正焕发在她的笑容中、眼神中、谈吐中……

她有足够乐观的理由:小女儿结婚十年后,在三十岁和三十二岁时,分别为她添了两个外孙女思勤和思敏;大外孙女又在近两年内,为她添了曾外孙和曾外孙女。如今已是四世同堂,叶先生"荣升"为曾外祖母。叶先生曾教两个外孙女学诗、学中文。这样的代代传承,传的不仅是血脉,还有文脉。

这期间也有种种不幸,其中最让叶先生揪心的,是小女儿言慧的两场重病:乳腺癌已经治愈十年之后复发,转移为肺癌,所幸有一种新药可以控制病情,让小女儿渐趋康复。小女儿天性乐观,喜欢助人,从来不为自己的病而忧愁恐惧，无论她走到何处，都会听见人们对她的亲切呼唤，"慧姐""慧姐"。为了定期用药，言慧不能常来天津与母亲团聚。但叶先生并不抱怨，她珍视点点滴滴与小女儿团聚的时光，她庆幸不幸中的万幸，她惦念地球另一端的两个可爱的小生命……这些，对已届九旬、劫后余生的叶先生而言，都成了发自内心的感激。同样让叶先生感激的，还有与南开大学师友们、学生们的相知、相扶与相守。

不说灾难，仿佛岁月眷顾，灾难从未来过。

不说暮年，仿佛上苍有眼，又让她以崭新的方式再活一遍。

第五章 游子还乡

申请回国

叶先生的父亲叶廷元老先生原在国民党政府的中国航空公司任职，抗战时随政府撤退到后方。1945年抗战胜利后，因为复员工作繁重，而且通过家信已经知道了妻子早在多年前逝世，所以直到1947年才回到北平的老家，曾写了十首悼亡诗。后因为上海的公司工作繁重，他又去了上海，1949年初，随国民党政府撤退到台湾。1969年，当叶嘉莹先生接受了加拿大UBC大学的聘约，就把老父亲也接到了温哥华。两年后的1971年，叶廷元老先生在枫叶之国加拿大突发脑溢血去世。从1949年到1971年的二十多年间，他再也没能等来重回故乡的那一天。

叶先生在悲慨中写下《父殁》："老父天涯殁，余生海外悬。更无根可托，空有泪如泉。昆弟今虽在，乡书远莫传。植碑芳草碧，何日是归年。""更无根可托""何日是归年"，这既是父亲终生的遗憾，也是叶先生写这首诗时自己的隐痛和期盼。她那时已经拿到UBC大学的终身聘书，一家人得以定居加拿大，生活逐渐稳定下来；而遥远的故乡却正在经受"文革"浩劫，百废待兴之时遭此重创，经济停滞，文化凋敝，人人自危。但正如王粲《登楼赋》所写的"人情同于怀土兮，岂穷达而异心"，人思念故乡的感情是相同的，岂会因为穷困还是显达而表现不同呢？在游子心里，山是故乡青，水是故乡绿，月是故乡明，人是故乡好，故乡是夜夜萦绕却遥不可及的梦乡。在UBC大学的课堂上，每当讲到杜甫《秋兴八首》第二首中的"夔府孤城落日斜，每依北斗望京华"，叶先生总是情动于中，几乎都要落泪。

游子与祖国母亲情感的通道，又岂止月夜的梦乡和异国的课堂，他们会用一切可能的办法，关注她的发展，分享她的讯息。叶先生刚到UBC大学的时候，中国同学会贴了一个布告,说要放映中国原子弹试验成功的纪录片,大家都很兴奋。

叶先生说:"那时我父亲还在世,跟我们一起去看了。还有一次放大型音乐舞蹈史诗《东方红》,我父亲也跟我们一起去看了。"UBC大学数学系的一位同学,还在楼梯口贴了一大张毛泽东像。

1970年,加拿大宣布与中国建交,成为最早承认中华人民共和国的西方国家之一。中国的访问团第一次到UBC大学访问时,华人教授被约去一起参加,校长、教务长都是西方人,为接待访问团,还特意去做了灰色的中山装。

1972年,美国总统尼克松访华,这标志着自新中国成立后中美相互隔绝的局面终于被打破。为了看尼克松访华的新闻报道,叶先生家新买了一台较大的电视机。"你想想,我们这么久都没有看见北京了,大家都想仔细看一看。"

叶先生想:国家都有正式外交关系了,我也可以回去了吧?她于是给北京的大弟弟嘉谋写了一封信。她把信寄往老家的地址:察院胡同13号。实际上,她家的门牌号已

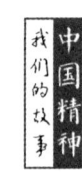

经改换成了23号,但还是那座老四合院,两个弟弟还是住在那里,他们收到了姐姐寄自加拿大温哥华的信。叶先生终于和家乡的亲人联系上了!

1973年,叶先生开始申请回国。她从加拿大西部的温哥华,飞往东部的首都渥太华,去那里的中国大使馆办理申请手续。

章文晋大使的夫人张颖与叶先生会面,她说:"大使那里有客人,他等一下再来接见您。"

张颖问道:"您是学文学的,看过国内的小说吗?"

叶先生答:"没有。"

张颖便推荐了浩然的《艳阳天》:"挺不错的,您可以看一看。"

此前叶先生已经看过美国人斯诺写的《红星照耀中国》,还看了另一本回忆录,是亲身经历长征的人写的。这两本书让她对中国共产党有了了解并产生了敬意:"共产党人为了理想艰苦奋斗,他们爬雪山、过草地,真是了不起。共产党的胜利不是偶然的,我真的很佩服。"

和张颖谈到中午，章文晋带着刚才会见的"客人"，一起与叶先生见面。令叶先生惊喜的是，客人中竟然有她当年在辅仁大学的同班同学史树青！原来，史树青是中国古文物展览加拿大访问团中的一员，大使一上午接见的，正是这个访问团。

接下来的暑假，叶先生去了哈佛，她去图书馆借来三大本《艳阳天》。她是研究中国古典文学的，对当代作品的兴趣相对淡一些，但她想，既然我申请回国，那也该了解一下国内的情况。谁知一看，她就被吸引住了。"我不是在农村长大的，我也不熟悉农村的情况，可是我居然能看进去，而且我认真地把它看完了。《艳阳天》里写的农村故事非常生动，语言也非常活泼，完全是生活化的，我真的是很感动。"

叶先生还真是《艳阳天》的有缘人，她在接下来的第一次回国时，去看了大寨、南泥湾等很多地方，后来她又重新把《艳阳天》看了一遍，还认认真真做了笔记，写了好几万字的《我看〈艳阳天〉》。

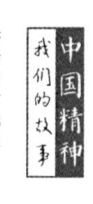

她把这篇文章寄给《艳阳天》的作者浩然，浩然给她回了信。他说："叶先生你写得很好，你的分析很深刻，有些东西我是下意识写的，你这么一分析，果然就是这么一种感觉。"1977年，叶先生第二次回国时，浩然还到叶先生北京的老家看望了她，又邀请叶先生去他家吃了一顿饺子。

"文革"之后，重印《艳阳天》时，浩然请叶先生写了一篇重印序言。前后加起来，关于《艳阳天》的文章，叶先生一共写了四篇，可以编一本书了呢。

《祖国行长歌》

叶嘉莹先生曾看过林海音的代表作《城南旧事》。林海音是台湾作家,她的童年在北平度过,这里的一景一物烙刻在她的心间,成为她台湾之外另一个精神上的故乡。让叶先生颇感惭愧的是:"林海音在北平只住了短短的几年,可是她把北京的大街小巷、风土人情写得栩栩如生;我在北京生长了二十几年,那些街道我也都走过,可是好像我什么都没有看到。"

不过,叶先生只是对现实的东西不那么萦心,但对诗词的幽微之意,她却异常敏感。她说:"我常常是透过诗词的文字来感受生命的。"在UBC大学的亚洲图书馆,她有一间阅览研究室,小小的一间,没有窗。但只要走进去,

中国精神·我们的故事

讲诗的女先生
——中国古典诗词专家叶嘉莹的故事

打开书本,书本里的古人就走出来了,他们的生活、他们的精神、他们的品格,一下子都活起来了,这让叶先生沉浸其中,自得其乐,欲罢不能。

1974年,当她终于有机会回到朝思暮想的祖国,短暂行程的所见所感,定然如吉光片羽般珍贵,又怎舍得让它们被时间吹散?写诗,唯有写诗,才能让珍贵的记忆永远鲜活。《祖国行长歌》正是承载着她这样的情意。今天,循着这首长诗,叶先生可以还原重回祖国怀抱时的每一个动人的瞬间——

卅年离家几万里,思乡情在无时已,一朝天外赋归来,眼流涕泪心狂喜。银翼穿云认旧京,遥看灯火动乡情;长街多少经游地,此日重回白发生。

"飞机到达北京已经是晚上掌灯的时候,那时灯火还没有现在这么亮,我在飞机上远远看见稀稀疏疏的灯火,真是激动啊,眼泪止不住往下流。我这还算是好的,我是直到飞机飞到北京上空才流下眼泪。我辅仁大学的校友王亚春曾告诉我，她第一次回来的时候，是从广州坐火车到北京，从一上火车她就流泪，一直流到北京，可见中国人的爱国之情和乡土之情真的是很强烈。现在的年轻人，不大能体会我们这一代人的心情了。很多人一心想出国，回来的时候也很方便，想回来就能回来；不像我们经过了多少战乱流离，几十年都不能回来。

家人乍见啼还笑，相对苍颜忆年少，登车牵拥邀还家，指点都城夸新貌。天安门外广场开，诸馆新建高崔嵬，道旁遍植绿荫树，无复当日飞黄埃。西单西去吾家在，门巷依稀犹未改，空悲岁月逝骎骎，半世蓬飘向江海。入门坐我旧时床，骨肉重聚灯烛光；莫疑此景还如梦，今夕真知返故乡。

"到了北京，中国旅行社安排我住到华侨大厦。我提前给家里写了信，告诉了他们我回来的时间，我家人就到华侨大厦来接我。我急着回家看一看,就叫了个车往家赶。我家的四合院已经成了大杂院。大弟还住在西屋;北房里原来住着伯父、伯母,他们都去世了,堂兄去了台湾,所以就空了出来;东屋原来是我伯父给人看病的'脉房',本来就没有人住,这些地方就被北京的房管局分配给别人住了;小弟住在南屋靠里边的两间。我们家是在西单西边,家门口没有什么大的变化,大门上那个'进士第'的匾没有了,大门两边石狮子的头被砸烂了。我进了家门,坐在西屋我以前的床上,跟我的骨肉亲人重新相聚。长诗里的'灯烛光'可不是随便写的,因为那天停电,家里一会儿有灯,一会儿点蜡烛。以前我只能在梦中回到故乡,现在是真的回来了。

夜深细把前尘忆,回首当年泪沾臆,犹记慈亲弃养时,是岁我年方十七,长弟十五幼九龄,老父成都断消息,鹡鸰失恃紧相依,八载艰难陷强敌,所赖伯父伯母慈,抚我三人各成立。一经远嫁赋离分,故园从此隔音尘；天翻地覆歌慷慨，重睹家人感倍亲。

"大家说起三十年前的往事。当年我母亲去世时，父亲已经好多年没有音信。我年方十七，大弟十五岁，小弟只有九岁。每天早上我要给小弟穿好衣服，送他上学，那时他才上小学三年级。我们姐弟三人相依为命，又得到伯父伯母的抚养、照顾，终于熬过北平沦陷那些年的艰苦生活。后来我南下结婚，从此远离故土，漂泊天涯。经历了这么多变故，终于与家人再度相聚，真是倍感亲切。

两弟夫妻四教师，侄男侄女多英姿，喜见吾家佳子弟，辉光仿佛生庭墀。大侄劳动称模范，二侄先进增生产；阿权侄女曾下乡，各具豪情笑生脸。小雪最幼甫七龄，入学今为红小兵；双垂辫发灯前立，一领红巾入眼明。所悲老父天涯殁，未得还乡享此儿孙乐，更悲伯父伯母未见我归来，逝者难回空泪落。

"我大弟跟弟妹都是中学教师,我小弟跟弟妹都是小学教师。我大弟的大儿子去了黑龙江建设兵团,当时不在北京。大弟的小儿子言才曾被选为劳动模范,后来他考上了南开大学,目前在日本一所大学教书。小雪是我小弟的女儿,她刚读小学不久,脖子上系着红领巾,显得很聪明的样儿。可怜老父自1949年从上海去了台湾,在外漂泊二十多年,1971年在温哥华病逝,距我回国不过三年,没有等到这团聚的时刻。我也没能再见到我的伯父、伯母,他们已经在多年前就去世了。

床头犹是旧西窗,记得儿时明月光,客子光阴弹指过,飘零身世九回肠。

"我小时候住在西房,早年的习作有好几首都是写'西窗'的。我母亲去世以后,我写过'空床竹影多,更深斑历历'的诗句,说的是我在西屋常常看见月亮从东边升起来,透过窗前的竹子照在床上,可是母亲不在了,床上空荡荡的,只有竹影。我对月亮还是很有感受的,我从小就喜欢看月亮,仔细观察过上弦月和下弦月的不同:十五以前,初三、初四的时候,上弦的新月非常新鲜,是很整齐的月牙儿;过了十五,月亮渐渐又变回月牙儿的时候,轮廓会很模糊,给人残破的感觉。

家人问我别来事,话到艰辛自酸鼻,忆昔婚后甫经年,夫婿突遭囹圄系。台海当年兴狱烈,覆盆多少冤难雪,可怜独泣向深宵,怀中幼女才三月。苦心独力强支撑,阅尽炎凉世上情,三载夫还虽命在,刑余忧愤总难平。我侬教学谋升斗,终日焦唇复瘏口,强笑谁知忍泪悲,纵博虚名亦何有。岁月惊心十五秋,难言心事苦羁留,偶因异国书来聘,便尔移家海外浮。自欣视野从今展,祖国书刊恣意览,欣见中华果自强,辟地开天功不浅。试寄家书有报章,难禁游子喜如狂,萦心卅载还乡梦,此际终能夙愿偿。

"我和亲人们已有二三十年没有见面,大家都询问对方这些年的境遇。我一一细说这些年的辛酸磨难,又讲起在海外收到家书时的欣喜若狂。那时我弟弟们还不大敢说'文革'中受到冲击的事情,都是尽量跟我说好消息。

归来故里多亲友,探望殷勤情意厚,美味争调饫远人,更伴恣游共携手。陶然亭畔泛轻舟,昆明湖上柳条柔,公园北海故宫景色俱无恙,更有美术馆中工农作品足风流。

"那一天晚上,我只是回家看看,最后还是回到华侨大厦住的。家里人说,你好不容易回来,不如回家来住吧。我在海外待了这么多年,当然愿意回到家里和家人住在一起。我问旅行社我能不能回家住,他们说可以,我就回到家里住了一段时间。

"那个时候我最盼望的,其实就是见到我的伯父和我的老师顾随先生,因为我的伯父、我的老师在我成长的过程中，对我影响最大。我小时候，教我读书、吟诗，鼓励我学习作诗的都是我的伯父；等我长大以后，给我很大启发，让我能够真正体会到中国诗的那种高远幽微的意境的，是我的老师。我在海外这么多年，台湾出了我的几本书，我还写了一些论文。我那时最盼望的就是把我的这些成绩像交卷一样，给我的伯父、我的老师看一看。可是我的伯父已经去世了，我的老师也去世了。

"我在华侨大厦住的那几天，大侄女言权跑来看我，我们一起吃饭时我叫了一盘对虾。直到现在小权还说：'现在我们吃对虾也不觉得怎么样了，就是那次跟姑姑吃的对虾在我的记忆中是最好吃的。'那时小权还是一个天真的女青年，还陪着我去陶然亭划了船。

郊区厂屋如栉比，处处新猷风景异，蔽野葱茏黍稷多，公社良田美无际。长城高处接浮云，定陵墓殿郁轮囷，千年帝制兴亡史，从此人民做主人。

"我离开祖国这么多年,很想到处看看。我在家住过一阵子以后,旅行社安排我到外地参观。那时正是'文革'时期,所以旅行社安排的都是与革命有关的地方。我不但参观了北京的工厂、公社,还参观了大寨、南泥湾、延安等地。我真是觉得中国的革命和解放是相当有成绩的。

几日游观浑忘倦,乘车更至昔阳县,争说红旗天下传,耳闻何似如今见。车站初逢宋立英,布衣草笠笑相迎,风霜满面心如火,劳动人民具典型。昔日荒村穷大寨,七沟八梁惟石块,经时不雨雨成灾,饥馑流亡年复代。一从解放喜翻身,永贵英雄出姓陈,老少同心夺胜利,始知成败本由人。三冬苦战狼窝掌,凿石锄冰拓田广,百折难回志竟成,虎头山畔歌声响。于今瘠土变良畴,岁岁增粮大有秋,运送频闻缆车疾,渡漕新建到山头。山间更复植蔬果,桃李初熟红颗颗,幼儿园内笑声多,个个颜如花绽朵。革命须将路线分,不因今富忘前贫,只今教育沟中地,留与青年忆苦辛。我行所恨程期急,片羽观光足珍惜,万千访客岂徒来,定有精神蒙洗涤。

"去大寨参观时,接待我的是一个叫宋立英的女同志。他们安排我住在大寨的窑洞里。我听他们给介绍,当年的大寨是'七沟八梁'的一片荒凉的土地,他们还留了一块没有开垦的地方,可以看见当年的景象。现在他们修了水渠,开辟了农田。我对大寨印象非常好,有人说那是做出来的,可是做出来的也是不错呀。我一路上参观了不少公社,看见很多高粱和玉米,就数大寨种的高粱玉米长得最肥美。我去的时候正是桃子成熟的季节,他们摘了两个桃子给我,我自己吃了一个,味又甜水又多,好吃得不得了。我还留下了一个没有吃,带回去给我弟弟。总而言之,我那时很兴奋。想想看,我经历了抗战的艰苦生活,那时中国真的是积贫积弱。我这次回来,看到大寨的成就,人民都很自强,确确实实非常感动,觉得他们真是不简单,不容易。

中国精神 我们的故事

讲诗的女先生
——中国古典诗词专家
叶嘉莹的故事

重返京城暑渐消，凉风起处觉秋高，家人小聚终须别，游子空悲去路遥。长弟多病最伤离，临行不忍送登机，叮咛惟把归期问，相慰归期定有期。

"我把大寨的桃子带回家给我弟弟。京城已是秋风初起，家人小聚之后，我将一路向西、向南，不回北京，直接去香港转机飞加拿大。离别伤情，让我们稍感宽慰的是，我与亲人们商定好，两年之后我再回来。谁知两年之后的1976年，唐山发生了大地震，我的大女儿也在这年出了车祸。我把'归期'延后了一年，1977年是第二次回国。

握别亲朋屡执手，已去都门更回首，凭窗下望好山河，时见梯田在陵阜。飞行一霎抵延安，旧居初仰凤凰山，土窑筹策艰难日，想见成功不等闲。南泥湾内群峦碧，战士当年辟荆棘，拓成陕北好江南，弥望秋田不知极。白首英雄刘宝斋，锄荒往事话蒿莱，遍山榛莽无人迹，畦径全凭手自开。丛林为幕地为床，一把镢头一杆枪，自向山旁凿窑洞，自割藤草自编筐。日日劳动仍学习，桦皮为纸炭为笔，寒冬将至苦无衣，更剪羊毛学纺织。所欣秋获已登场，土豆南瓜野菜香，生产当年能自给，再耕来岁有余粮。更生自力精神伟，三五九旅声名美，从来忧患可兴邦，不忘学习继前轨。

"我还参观了南泥湾。在南泥湾给我做报告的是一个当年的红军老战士，名字叫刘宝斋，他给我介绍了南泥湾开荒的情况。那时他们是一手拿着锄头，一手拿着枪，开荒种地。自己开窑洞，自己编筐，自己纺线织布，用树叶做染料染布，还用桦树皮当纸，用炭当笔写字学习。他们的艰苦奋斗精神，使我很感动。我还去了延安，那时毛主席住的窑洞已经整理了，让人参观。

平畴展绿到关中，城市西安有古风，周秦前汉隋唐地，未改河山气象雄。遗址来瞻半坡馆，两水之间临灞浐，石陶留器六千年，缅想先民文化远。骊山故事说明皇，昔日温泉属帝王，咫尺荣枯悲杜老，终看鼙鼓动渔阳。宫殿华清今更丽，辟建都为疗养地，忆从事变起风云，山间犹有危亭记。

"从半坡遗址到历史博物馆，西安到处都是古迹，有很丰厚的历史文化底蕴。中国真是很奇妙的，不出国你还没有感觉，出国了再回来，你就会知道，中国的历史是那么的悠久，源远流长；中国的文化是那样的深厚，那样的丰富。温哥华的气候很好，大自然的风景也很美，而中国北方的风沙很大，西安附近的庄稼都是灰色的，因为上面有一层土，自然环境没法跟温哥华比。可是我每次都有这样的感觉，你一下飞机回到温哥华，看到外面的景色挺美的，有山，有水，到处都是花，可是你忽然间就觉得缺了什么东西，空空的，文化一下子不知道跑到哪里去了。

仓促行程不可留，复经上海下杭州，凌晨一瞥春申市,黄浦江边忆旧游。跑马前厅改医院,行乞街头不复见,列强租界早收回,工厂如林皆自建。市民处处做晨操,可见更新觉悟高,改尽奢靡当日习,百年国耻一时消。沪杭线上车行速,风景江南看不足,采莲人在画图中,菜花黄嫩桑麻绿。从来西子擅佳名,初睹湖山意已倾,两岸山鬟如染黛,一奁烟水弄阴晴。快意波心乘小艇,更坐山亭瀹芳茗,灵鹫飞来仰翠峰,花港观鱼爱红影。

"我参观完西安就坐飞机去了上海。我还是七八岁的时候去过上海,当年是跟我母亲一起去探望我父亲的。1948年我又先后两次去过上海,先是3月底去上海结婚,后是11月底经上海乘船去了台湾。以前的上海就像电影里唱的,'夜上海,夜上海,你是一个不夜城';可是1974年的上海已经不是这样了,这一次给我印象最深的是:早晨街上有很多晨练的人,我感觉上海的精神面貌和以前完全不同了。从上海我又去了杭州,美景无穷,只可惜我为行程所限，只做了匆匆一瞥。

匆匆一日小登临，动我寻山幽兴深，行程一夕忙排定，便去杭州赴桂林。桂林群山拔地起，怪石奇岩世无比，游神方在碧虚间，盘旋忽入骊宫底。滴乳千年幻百观，瑶台琼树舞龙鸾，此中浑忘人间世，出洞方惊日影残。挂席明朝向阳朔，百里舟行真足乐，漓江一水曳柔蓝，两岸青山削碧玉。捕鱼滩上设鱼梁，种竹江干翠影长，艺果山间垂柿柚，此乡生计好风光。尽日游观难尽兴，无奈斜阳已西暝，题诗珍重约重来，祝取斯盟终必证。

"离开杭州，我到了广州，本来该准备出境了，可我听说桂林的山水很美，就想去看看。前面的行程都是旅行社安排的，有人提前订票，安排接机，参观的时候也有人陪同。我提出去桂林，是计划之外，旅行社说，当天的票都订光了。我不甘心，就自己跑到航空公司交涉。他们告诉我没有座位了。我说,我只有一个人,你们有一个空位就可以。他们说,那你就坐在这里等吧。我这个人有时也很固执,就真的坐在那里等。过了一会儿,他们还真的给我找到了一个位子,是第二天早上七点的飞机。我回到旅馆已经很晚,旅行社的人都下班了,第二天一早,我没能等到他们上班,就上了飞机,飞到桂林。

"到了桂林,我搭了下一个航班的旅行团的车,去市区的桂湖宾馆。我放下行李,就让服务台帮我叫个车去芦笛岩。服务员说:'已经十一点了,你还不洗一洗,先去吃饭,有什么事吃完饭再说。'等我吃完饭回来,服务员又说:'司机都在休息,你会说中国话,自己搭车去吧。'我只好从旅馆出来,准备搭公交车去芦笛岩。我没有零钱,就找了一个小店买点东西,为的是换点零钱。我想买一包饼干。售货员问:'你有粮票吗?'我说:'我刚从北京来,没有粮票。'她一听说我刚从北京来,以为我还没吃午饭呢,就卖给我一包饼干,我就换得了零钱。

"我出发去芦笛岩之前,告诉服务台帮我定一个明天去阳朔的船位。晚上我从芦笛岩回到宾馆,才知船位早就订光了。我说:'我近三十年才回来一趟,下次还不知道什么时候呢!能不能想想办法?'他们问我船顶坐不坐,我说坐,他们让我第二天一早来。

"第二天一早我就去了。这条船的正式舱位已经坐满了人,在船舱的旁边,有一个用一条一条铁棍子做成的梯子,通向船顶。我那时五十岁,腿脚还利索,就从那里爬到了船顶上。上去以后我才看见,那个船顶是可以坐人的,而且不止我一个人,还有一些当地的人,也坐在船顶上,桂湖宾馆还找了一个导游陪着我。船顶上摆放了一些椅子,搭了一个布篷子。那天天气非常好,船顶四周一点遮挡都没有,我拍了很多非常漂亮的幻灯片。

归途小住五羊城,破晓来参烈士陵,更访农民讲习所,燎原难忘火星星。流花越秀花如绮,海珠桥下珠江水,可惜游子难久留,辜负名城岭南美。去国仍随九万风,客身依旧似飘蓬,所欣长夜艰辛后,终睹东方旭影红。

"游完桂林，我返回广州，在去深圳罗湖出关之前，我匆匆观赏了岭南风光。想起前些天我从香港入境时，也是在罗湖过关，所有的行李——包括一台在香港裕华商场买的电视机，我都要一件件自己拖过来，走过一段才能搭内地的车，真是累，心里却是欣喜和期待的。现在，我又得从罗湖过关，再从香港出境，跟祖国暂别，继续在异国他乡当一棵飘零的蓬草。

"这次回祖国时，我持有的是台湾的身份证件，所以不得不借道香港，颇费周折。后来有人提醒我，如果持加拿大护照，不但不需要再转香港，而且还可以更容易得到签证，为此我加入了加拿大国籍。

祖国新生廿五年，比似儿童甫及肩，已看头角峥嵘出，更祝前程稳着鞭。腐儒自误而今愧，渐觉新来观点异，兹游更使见闻开，从此痴愚发聋聩。早经忧患久飘

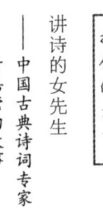

零,糊口天涯百愧生,雕虫文字真何用,聊赋长歌纪此行。

"那时在北美,回到中国来的人没有几个,海外的人对中国都很好奇。我回到温哥华之后,大家都问我国内怎么样,我就给他们放映了这次回国拍的幻灯片。以前我从来不搞这些,这次我还特意买了一个幻灯机,一个大屏幕。我的那些朋友、学生都跑到我家里来,我就把这次回国拍的幻灯片放给他们看,介绍回国旅游参观的情况。后来又应其他一些人的要求,放了好几次。大家都为祖国焕发出新的生机而感到由衷高兴。

"我这次回来,纯粹就是抱着看望亲人、到处旅游的目的。当时处于'文革'中,我在上海看见一些大字报,还在'批林批孔',我觉得我所学的在国内派不上用场了,根本没有想到三年之后,我动了回来教书的念头。"

第六章 候鸟生活

骥老犹存万里心

"骥老犹存万里心"出自叶嘉莹先生诗作《再吟二绝》中的一首。曹操曾说过:"老骥伏枥,志在千里。"叶先生创作《再吟二绝》时五十四岁,年过半百,已算是一匹"老马",但她有"万里心"——回国教书,把自己在古典文学上的学识贡献给祖国,这被她认为是"一世被动的人生中的第一件主动选择的事"。

这个念头是在她1977年第二次回国探亲时产生的。她那时刚刚经历了人生中最沉重的打击——1976年,才结婚三年的大女儿夫妇因车祸双双罹难。她的祖国,正在走出"文革"和唐山大地震的阴霾。祖国大地上诗词的传统,犹如经霜的小草终在春天里吐出新绿,这种生机感染了劫后余生的叶先生，更高远的人生境界在她眼前倏然打开。她不正可以为诗词的传承奉献余年么？

这次回来，叶先生把丈夫和小女儿一齐带去她第一次返乡时曾匆匆一瞥的古都西安。在火车上，她看见有个年轻人正在读《唐诗三百首》，到了大雁塔等景点，导游们脱口而出"塔势如涌出，孤高耸天宫""春风得意马蹄疾，一日看尽长安花"等诗句。历史把长安变成了西安，却变不了历史的记忆，千百年前诗人、词人们用生命书写的诗词，仍印在今天的书中，仍挂在今人的嘴边，这让叶先生有了一种故土遇知音的欢喜。她曾在李白、杜甫的诗中"看见"过长安的河山，如今亲见，便有了似曾相识的感慨。

心头炽热的她吟出两首小诗："诗中见惯古长安，万里来游鄠杜间。弥望川原似相识，千年国土锦江山。""天涯常感少陵诗，北斗京华有梦思。今日我来真自喜，还乡值此中兴时。"第一首绝句中的"鄠杜"是指鄠县和杜陵，都在今天的陕西省。第二首绝句中的"少陵"是指杜甫，杜甫自号"少陵野老"；"北斗京华"出处是杜甫《秋兴八首》第二首中的"每依北斗望京华",意思是每当晚上北斗星出现的时候,我就按照它的方向来寻找长安的所在,如此深沉的思乡之情常常触痛身居异国的叶先生;"中兴"在这里是指国家的振兴。

叶先生一家人还去了长城,那里有卖《天安门诗抄》的,叶先生买了一本,捧起来就看。在当时的政治环境下,这本书是传抄或私印的,不宜在大庭广众之下阅读。导游小金善意提醒叶先生:"太阳底下看书伤眼睛,回旅馆再看吧。"回到旅馆,叶先生沉浸在"诗抄"中,感动不已:"中国真的是诗词的国度,尽管经历了那么多的劫难,人们还是在用诗歌表达自己。周恩来总理去世的那一年清明节,天安门广场上居然出现了这么多的诗。"

叶先生原本以为,自己所学在国内没有用了,她是没办法报效祖国了。看到诗歌的传统还在,叶先生当时就想:我应该回来,把自己对古典文学的一点点学识贡献给我的祖国。在国外讲,固然是对中华文化的一种传播,但却很难使诗词里蕴含的感发生命得到发扬和继承,只不

中国精神 我们的故事
——中国古典诗词专家
叶嘉莹的故事

讲诗的女先生

过给人家的多元文化再增加一些点缀而已；诗词的根在中国，是中国人最经典的情感表达方式，是经几千年积淀而最具代表性的文学体式，是整个民族生存延续的命脉。

1978年暮春，温哥华叶先生寓所前有一片树林，树梢上洒满了落日金晖，倦鸟归巢。她穿过树林走到马路边的邮筒，寄出希望回国教书的申请信。马路两边的樱花树，落英缤纷。繁华终将飘零，余晖终将沉没，春光终将消逝，年华终将老去，而书生报国的愿望，何日才能实现？年逾半百的余生，该在哪里安排？叶先生触景生情，吟出两首绝句："向晚幽林独自寻，枝头落日隐馀金。渐看飞鸟归巢尽，谁与安排去住心。""花飞早识春难驻，梦破从无迹可寻。漫向天涯悲老大，馀生何地惜馀阴。"

把申请信寄出后，叶先生一直关注着国内报纸的教育报道。有一天她看到一则消息，说是"文革"中许多被批判过的老教授已经得到平反，其中有李霁野先生的名字。李先生是当年辅仁大学外文系的教师，研究的是西方文学，与北京大学外文系毕业的顾随先生是非常要好的朋友。1948年,叶嘉莹赴台前夕收到老师顾随先生的来信,顾先生让她抵台后去看望李先生。当时,李先生受老友、时任台湾大学中文系主任的台静农先生邀请,已在台湾大学执教。1949年春天,叶嘉莹去台湾大学拜望了李先生。此前两年,鲁迅好友许寿裳在台被暗杀,局势骤紧,李先生赶在台湾"白色恐怖"肆行之前回到了大陆。从此,叶嘉莹与李先生失去了联系。

三十年过去,叶先生居然从报纸上获知了李先生的消息,这让她喜出望外。李先生正在天津的南开大学任外语系主任。叶先生立即去了一封信,告诉李先生她已经提出利用假期回国教书的申请。李先生很快就回信了,给大洋彼岸的叶先生带来了国内教育界的好消息:高考已经恢复,情势越来越好。

叶先生兴奋中又写下两首绝句,题为《再吟二绝》。第一首"却话当年感不禁,曾悲万马一时喑。如今齐向春郊骋,我亦深怀并辔心"意思是:提起当年"文革",很多人都曾对万马齐喑的状况感到悲观,现在一切都恢复了,又可以到春天的郊外尽情驰骋了，我也愿意跟大家并辔齐驱，贡献自己的一份力量。第二首"海外空能怀故国，人间何处有知音。他年若遂还乡愿，骥老犹存万里心"意思是：我在海外只能怀念祖国，而不能实际报效祖国。如果有一天我真的回到故乡，我虽然已经是一匹老马，但仍盼望尽我心力，为祖国做贡献。

几个月之后，叶先生盼来了喜讯，她可以回国教书。1979年春，她背起行囊踏上了人生的新旅程。

诸生与我共成痴

"诸生与我共成痴"出自叶嘉莹先生诗作《纪事绝句二十四首》之二十。这句诗描述的是叶先生第一次回国教书时在南开大学讲课时的情景,讲者投入,听者沉醉,互相感染,如痴如狂。

何止南开大学的课堂是这样的呢?此后叶先生又多次利用假期回国讲学,应邀到过复旦大学、南京大学、天津大学、华东师范大学、北京师范大学、四川大学、云南大学、湖北大学、湘潭大学、辽宁师范大学、黑龙江大学、兰州大学、新疆大学等几十所高校。她的课堂必定是人头攒动,热情高涨。听众从十七八岁的青年到七八十岁的老者,无不痴迷赞许。有媒体将叶先生引发的冲击波概括为

"叶嘉莹热"。

南开大学并非叶先生"新征程"的第一站,北京大学才是,但叶先生在北京大学教书的日子不长,李霁野先生便以师辈的情谊将叶先生请到了南开大学。

叶先生被安排住进了解放北路的天津第一饭店。饭店旁边有座小公园,里面有唐山大地震之后临时搭建的防震棚,公园附近的楼房还留有震毁的残迹。正值春天,街头断垣处开出了粉色小花,人们都在忙忙碌碌地重建家园。叶先生满怀着对祖国美好明天的憧憬,写下了《纪事绝句二十四首》之一:"津沽劫后总堪怜,客子初来三月天。喜见枝头春已到,颓垣缺处好花妍。"

从这一年起,叶先生与南开大学结下缘分,至今已有近四十年光阴。叶先生感叹:"从当年我申请回国讲学,还不知是否能获得国家批准,到今天已经在南开大学设立了中华古典文化研究所,建起了迦陵学舍,带出了一批硕士、博士生,真可谓千头万绪,一言难尽,幸好我有写诗的习惯,这样就能以诗歌为线索,回顾我与南开的情谊。"

1979年春夏之交第一次来南开时，叶先生写了《纪事绝句二十四首》。

叶先生为南开大学中文系学生开了两门课，白天讲汉魏六朝诗，晚上讲唐宋词。几节课下来，口口相传，外系、外校甚至外地的一些学生也赶来听课。南开大学主楼102室三百个座位的阶梯教室里，加座竟然一直加到了讲台上，窗口、门口全是人。

叶先生回忆："1979年我第一次回国教书时，一走进教室就有了一种感觉，如果用《楚辞·九歌》的一句诗形容，那就是'满堂兮美人，忽独与余兮目成'，我感到我与他们的心灵是相通的。""满堂兮美人，忽独与余兮目成"的意思是在众多美丽女子中，我突然间独独和你对上了眼。

此前，先生一直在加拿大和美国授课，面对金发碧眼的西方学生，她大多时候只能用英文授课。叶先生一首小诗《鹏飞》中写的"鹏飞谁与话云程，失所今悲匍地行"形象说明了用母语和英语讲诗的差别：用母语讲诗，可恣意挥洒，像鹏鸟展翅般自由快乐；用英文讲诗，那种隔膜感就如同大鹏失去了天空，只好匍地而行。诗歌的美感都在语言之中，把语言文字改变了，美感也就消失了。唯有回国教学时，那满堂的中国学生才是她一见钟情的"美丽女子"，她讲起诗词来才是自由的、畅快的。

天气越来越热，大家汗流浃背。有一位女教师从台下传递给叶先生一把扇子。黑色的扇面，上面用朱笔以隶书写了一首词。这是叶先生的《水调歌头·秋日有怀国内外各地友人》，创作于1978年秋天。她那会儿已经决定回国教书，因而写下这首词寄给北京的亲友和旧日的同学，以及台湾教过的学生，还有美国与加拿大各地的友人等。词的全文是："天涯常感旧，江海隔西东。月明今夜如水，相忆有谁同？燕市亲交未老，台岛后生可畏，意气各如虹。更念剑桥友，卓荦想高风。　虽离别，经万里，梦魂通。书生报国心事，吾辈共初衷。天地几回翻覆，终见故园春好，百卉竞芳丛。何幸当斯世，莫放此生空。"

词中有海内外同胞共同的怀乡情和报国梦，叶先生不仅自己身体力行，还勉励友人抓紧时机为祖国做贡献。

她虽已年过半百,但《水调歌头·秋日有怀国内外各地友人》却写得意气风发,精气神儿十足。把这首词书写到扇面的是天津的书法家王千女士,她在上款写下了叶先生的名字,下款只盖了自己一枚小图章。叶先生后来专门写了一首诗答谢王女士:"便面黑如点漆浓,新词朱笔隶书工。赠投不肯留名姓,唯向襟前惠好风。"(《纪事绝句二十四首》之十二)

随着来听课的外系、外校、外地学生越来越多且到得越来越早,南开大学中文系有些学生反倒抢不着座位了。为了控制人数,保证本系学生听课,南开大学中文系想出了发听课证的办法。两百张听课证,却让三百多人获得了合法席位。

就读天津师大的徐晓莉多年后道出秘密:"我们不甘心总在门口受冷遇,就仿照听课证的样子,用萝卜刻成'南开大学中文系'图章的样子扣在同样颜色和大小的纸片上,有同学还从自己原工作单位想法找个圆章扣个红圈,并故意将中间的字迹弄得极其模糊,使之看上去很像是因印油少而不清楚的样子。尽管这些山寨版的'听课证'破绽百出,但我们相信,在那一拥而进的几分钟里,查证者是无暇对这张酷似听课证的蓝灰色纸片认真过目的……那时每次去听课,我内心的忐忑都像是在偷嘴的孩子。今天我才恍然,当年我所偷吃的,原来是一粒仙丹,一颗圣果!"

"我们所有眼睛都追踪着她手上的粉笔,她从不拿讲稿,却常常从右向左,竖写繁体,在黑板上默写出古人的大段诗词文句;我们所有的耳朵都捕捉着她的声音,那纯正亲切的北京乡音,精确流畅的欧化长句,她精彩讲解的背后是她深厚渊博的古典修养和融贯中西的浩瀚学识。"

徐晓莉称自己是不幸时代中的幸运儿,所幸搭上了恢复高考后的早班轮渡,驶出了蒙昧与迷茫的人生港湾,更加幸运的是,在那劈波斩浪、逆水行舟的日子里,与同学们一起遇上了叶先生驾驶的这艘导航的舰船"。

徐晓莉的生命从此浸润到了诗词之中,她在天津广播电视大学执教时讲授的是古典文学,退休后又到老年大学开了诗词课。一有机会,她还会回到南开大学,听叶先生讲课。如今回过头看1979年春夏之交的那两个多月,徐晓莉感慨道:"那短短的两个多月,在别人生命中也许只是一瞬,但对于我却是永恒。我是那时才认识到'学文与学道,作诗与做人'的重要,同时也是自那时候起,听她讲诗,就成为我'有意味地生活着'的一种方式。在先生的课上,我认识了东汉下层文人悲剧命运中所普遍具有的人生困惑;认识了身为帝王也深怀凄寂孤危之慨的三曹、后主;认识了能以人生智慧自救,也能使别人得救的陶渊明、苏东坡……凡她那时讲到的诗人和诗作,至今都活在我的心里,呼之欲出,生生不已!"

安易是1979年听叶先生讲课的另一名学生,回忆起当年"盛景",她的脸上浮现出很享受的表情:"很多教授讲解诗词使用的是阶级分析法,但叶先生讲的是原汁原味的'兴发感动',而且旁征博引、兴会淋漓,这让我们耳目一新、眼界大开。"

安易后来成了叶先生的秘书,如今虽已退休,但依然

中国精神 我们的故事
讲诗的女先生——中国古典诗词专家叶嘉莹的故事

追随先生，每课必听。叶先生对安易的评价很高："我在南开这些年，安易一直在我身边，帮助我工作，真是忠心耿耿。我生病住院也是安易跟张静（叶先生另一位秘书）轮流陪着我住的。她虽然不说什么，但是你可以感觉到她真的是很关心你。安易到了退休的年龄，我问她要不要我跟学校说继续聘用她，她说不要。但是她跟我说：'叶先生今后不管您有什么事，我一定全力帮忙。'她退休之后，还继续帮我查资料、打文稿，或者给我准备演讲要用的材料，她真是我的终身秘书。她为人很诚恳，丝毫不重视也不追求外表的东西。安易赢得了我身边学生们的普遍尊重。"

当年来听叶先生讲课的，还有时任南开大学中文系主任的朱维之。叶先生回忆道："朱维之先生是一位学养过人的长者，我每次上课，他都坐在第一排与同学们一起听课……我见到他身体健康精力旺盛，以为他不过六十岁左右，直到那年（1979年）'五四'运动六十周年纪念大会上，听到朱先生自己讲述当年参加'五四'运动的情况，说他六十年前参加'五四'运动时，年龄只有十四岁，我才知道朱维之先生已有七十四岁的高龄了。本来我对先生亲来听讲,早已感到惶愧,知道先生的年龄后,心里更是不安。尤其是天气热起来了,我的课排在下午两点到四点,教室里满满的都是人,大家都是汗流浃背,而朱维之先生则依然一直从容端坐,毫无倦容。因此我就为朱先生写了一首诗:"余勇犹存世屡更,江山百代育豪英。笑谈六十年前事,五四旗边一小兵。"(《纪事绝句二十四首》之五)

聚散终有时,两个月后,到了分别的时刻。最后一课,学生不肯下课,让叶先生一直讲、一直讲,直到熄灯号吹响,才不得不话别。此情此景,叶先生用诗句记录了下来:"白昼谈诗夜讲词,诸生与我共成痴。临歧一课浑难罢,直到深宵夜角吹。"(《纪事绝句二十四首》之二十)

南开之行让叶先生坚定了他年再来的决心。20世纪80年代,先生在加拿大UBC大学还有教学任务,她只能利用长假回来。在1981年至1982年及1986年至1987年间,她曾申请过两次各一年的休假,再度回到南开大学并去各地讲学。那时候,国内大学教授的月工资只有几十元,她不收任何报酬，自己承担往来机票等费用。她只有一个念头，让经历文化断层的同胞因为她的讲授而更加珍视古典诗词这一文化瑰宝，这既是对养育她的这片热土的回报，也是对《诗经》《离骚》、李白、杜甫的告慰。

此拳拳心迹，流淌在叶先生1979年所写的《赠故都师友绝句》中："构厦多材岂待论，谁知散木有乡根。书生报国成何计，难忘诗骚李杜魂。"

花期日日心头算

"花期日日心头算",出自叶嘉莹先生20世纪80年代中期的词作《蝶恋花》。她等待的"花期",便是古典诗词振兴的那一天。1986年至1987年,当她利用一年的休假,第三次到南开大学讲课时,发现研修古典文学的学生无论是学业水平还是学习热情,竟然有了不同程度的下滑。

这是为什么呢?

原来,那会儿正是中国改革开放之后的第八个年头,迅速膨胀起来的外来经济文化浪潮冲击着刚从"文革"后恢复过来,却尚未稳固的民族精神与文化自信心。考"托福"、出洋留学、文人下海、学府创收等等,以其前所未有的魔力吸引着象牙塔中的师生们。当先生站在南开大学主楼102室阶梯教室的讲台上,已是物是人非,原来的"满堂兮美人,忽独与余兮目成"变成了"门外鸬鹚去不来,沙头忽见眼相猜"。后者出自杜甫的《三绝句》,意思是:门外常来的鸬鹚去而不返,我在沙滩边忽然遇见它,我们对视着,彼此的眼神都有些猜疑——这还是原来的你么?

但叶先生决定坦然而智慧地去正视这样的眼神——面对学生中出现的"出国热"和"崇洋"思想,以及"学习古诗有没有用"的疑虑,叶先生巧妙地运用西方流行的现象学、符号学、诠释学等理论剖析诗词,意在透过西方文学的光照,辨析中西文学理论上的异同,彰显中国古典文学的精妙,尤其是名篇佳句所包含的涵养心灵、陶冶性情、净化风俗的作用,进而让学子重拾文化自信。

1987年3月23日上午,那天还没打上课铃,先生走上讲台说:"我想利用等同学去取录音机的这点时间,读一封我女儿的来信,不知你们是否同意她的说法。"说完她展开信笺,"……我觉得内地二十多岁的人现在基本上与香港或其他地方的差不多,只知道追求自己的利益,明目张胆地做坏事的人虽不多，但嘴巴上、思想中不少东西都不正……对自己的历史与文化都缺乏了解，以为中国文化就是吃中国菜、打中国麻将……我觉得中国人基本上是自己看不起自己，也缺乏民族自信与尊严……"

先生讲起她女儿对她说过的一些事：在加拿大郊外的草莓种植园里，一些中国大陆留学生把采摘后吃不掉，本该在出去时交点钱带走的草莓全都丢在园子里，以至于果园的主人再不允许中国大陆学生进果园；加拿大皇宫在每年国庆开放日里都备有免费点心提供给前来参观的客人吃，有些中国大陆来的青年人自己吃过后还要带给别人，甚至还有的人拿着这些点心争相与皇宫的主人照相……讲到这里，先生的语调显得凝重起来，她说："道德、品格是你自己做人的操守，不是为别人去守的。社会风气的改变，应该从每一个人做起，从每一个自己开始，谁也不应把自己的不道德归咎于社会的腐败。"停了一会儿，她又说，"有位西方的社会学家曾经预言，21世纪世界文化的中心在东方，在中国。我们要了解自己、认识自己，每一代人都有每一代人的责任，我们要承先启后，各自担负起自己的责任来，如果中华古代优秀的文化遗产和精神文明财富在你们这一代中损毁了，丢掉了，那你们就是这一代的罪人……"先生不但如此说，更以年迈之躯，将历史文化断裂中两代人的责任一并担了起来。

让我们看一看她这一年间回国教书的日程：

1986年8月25日，由东京转机抵达北京。9月初，在北京出席中华诗词学会（筹）座谈会。

1986年9月6日，离京赴沪，7日抵达，在复旦大学做题为"王国维先生的词论与唐宋词欣赏"系列演讲，共讲四次。

1986年9月21日，乘火车离沪，22日返京，28日抵达天津。9月底至1987年1月25日在南开大学讲授唐宋词，期间为《光明日报》撰写《迦陵随笔》，并应天津市文联、天津市和平区政协和辅仁大学校友会联合邀请，做题为"如何欣赏诗词"的演讲。

1987年1月27日（农历除夕前一天）带着一大捆未改完的试卷回北京过春节。

1987年2月3日（农历正月初六）至2月16日，应辅仁大学校友会、中华诗词学会（筹）、国家教委老干部协会、中国国际文化交流中心诸单位联合邀请，在国家教委礼堂举办唐宋词系列演讲，共讲十次，后整理成《唐宋词十七讲》一书的前十讲。

1987年3月2日，回到南开大学，继续上课，讲授南宋词，并为《中国历代文学家评传》撰写了《王沂孙评传》。

1987年4月27日至5月28日，应南京大学之邀讲授唐宋词，应马鞍山李白纪念馆之邀前往讲授"杜甫眼中的李白"。

1987年5月29日至6月3日赴京参加中华诗词学会成立大会，并做演说。

1987年6月5日至18日转赴四川大学与缪钺先生合作撰写《灵谿词说续集》，并做"从中西诗论的结合谈唐五代词的欣赏"系列演讲，共讲四次。

1987年6月18日至8月20日应沈阳化工学院（现为沈

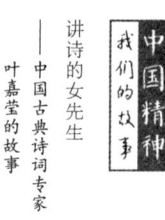

阳化工大学)、沈阳师范学院(现为沈阳师范大学)、辽宁师范大学等校的邀请,在沈阳及大连等地举办唐宋词系列演讲,共讲七次,后整理成《唐宋词十七讲》一书的后七讲。这期间,叶先生应各地听众及某出版社的要求,对讲座的录音、录像及讲稿进行统一编排整理和审阅。这项工作相当繁重和复杂,尽管昼夜加紧工作,却仍未能在国内完成。

1987年8月29日,她带着尚待审阅的录音讲稿匆匆返回加拿大,去迎接一个新的学年。

……

以上日程记录还不包括各地报刊与编辑部门的采访、约稿、清样校对,学生答疑,信件处理……这,就是年逾花甲的叶嘉莹先生在她的一年"假期"里所承受的工作量。

好几次,因为过度的劳累和免疫力的降低,叶先生年轻时患上的气喘病又再次发作,在讲台上,她讲讲咳咳,痰中还有血丝。即使这样,她也不愿意多休息。

她曾对学生不止一次背诵过《论语》中的一段话:"文王既没,文不在兹乎?天之将丧斯文也,后死者不得与于斯文也;天之未丧斯文也,匡人其如予何?"这是孔子周游列国被困于匡时,对门生所说的一段话,意思是:文王去世之后,那些重要的文献不是在我这里吗?如果上天要让这些文献丧失,那么,我这个必朽之人也就得不到这些文献了。上天若不想使这些文献失传,匡人对我,又能怎样呢?孔子在困顿中依然肩负天命,竭尽人事,她叶嘉莹难道会因为古典诗词暂时面临的逆境与身体的小病而放弃自己的使命么?

她不放弃不仅仅是因为深爱,更因为她相信古典诗词是一座精神的"金矿"。人们在商海淘金,去国外镀金,他们只是一时忘记自己的身边本来就有一座"金矿",叶先生愿做这座宝矿的指引人。

不管是谁来到这座"金矿"前,叶先生都会用心指引。曾有人跟她发牢骚,现在学生素质降低了,是不值得对他们"精雕细刻"的。叶先生不这么看,她讲起当年在台湾教书的往事:她曾教过程度较差的光华女中,那里的女孩子们大多只是想混一张文凭当嫁妆的,可叶先生却从未因学生们的程度低而敷衍马虎。她说:"纵使我不考虑是否对得起学生,也要考虑是否对得起屈原、杜甫他们。"她一向认为:"社会人群间,只要你把最真诚的感情投注进去,总会像石子入水一样溅起水花的。"

这样的水花有时是拍岸的浪花,一次次给予叶先生心灵的回应。哪怕是在"门外鸬鹚去不来,沙头忽见眼相猜"的1986年,这样的"水花""浪花"也足以慰藉叶先生的心灵。这一年,她教过的台湾光华女中的一位学生跑到大陆来找她。这位学生曾多次给叶先生写信,讲她当年如何被先生的讲课吸引,如何被诗词的意境打动,如何对诗词中的名山大川向往。她此次来,正是要带着老师同游祖国的山川,同温诗词中的情怀。那位学生,已经是美国一所州立图书馆的馆长。

叶先生坚信,古典诗词遇冷只是短暂的现象,当人们的物质生活达到一定水平以后，必然会回到对精神文化生活的追求。有感于这种状态，她写了一首《高枝》："高枝珍重护芳菲，未信当时作计非。忍待千年盼终发，忽惊万点竟飘飞。所期石炼天能补，但使珠圆月岂亏。祝取重番花事好，故园春梦总依依。"诗中"高枝"上的"花"，象喻着她所热爱的古典诗词，她相信只要尽到自己的力量，不仅天可以补，月也不会亏。

叶先生又写了一首《蝶恋花》："爱向高楼凝望眼，海阔天遥，一片沧波远。仿佛神山如可见，孤帆便拟追寻遍。　明月多情来枕畔，九畹滋兰，难忘芳菲愿。消息故园春意晚，花期日日心头算。"叶先生解释道："'望眼'中的'神山'是我所追寻的理想，'九畹滋兰'是我教学的愿望。我虽然只是一只孤帆的小船，但也不会放弃我追寻的努力，相信'花期'到了时候，必将有盛开的那一天。"词中"九畹滋兰"的出处是屈原《离骚》中的"余既滋兰之九畹兮，又树蕙之百亩"，屈原用播种兰花、栽植香蕙比喻培养人才，"九畹""百亩"都是表示土地大小的数量词。

正是因为这样的坚信，叶先生才能不改初衷，继续将赤子之心奉献给故乡的热土。1990年，从加拿大UBC大学退休后，叶先生将工作重心移到国内。1991年在南开大学创办比较文学研究所。1996年，在海外募得资金，修建了研究所教学大楼，并将研究所更名为"中华古典文化研究所"。

1999年仲秋，从研究所回寓所的路上，路过南开园马蹄湖，天上的雁鸣勾起了她的诗情，她吟出一首《浣溪沙·为南开马蹄湖荷花作》："又到长空过雁时。云天字字写相思。荷花凋尽我来迟。　莲实有心应不死，人生易老梦偏痴。千春犹待发华滋。"晚年的她，自比"残荷"。莲蓬中的莲子象征着新的生命，花落又何妨？雁已飞越重洋回到故乡，来迟亦无妨！

从1979年起，"大雁"飞越重洋的候鸟生活持续了整整三十五年。2014年，已届九旬的叶先生"飞"不动了，她决定定居天津的南开大学。热心文化的海外人士和南开大学校方共同为她修筑了迦陵学舍。2015年10月17日，迦陵学舍启用仪式上，叶嘉莹告诉前来道贺的师友们，她已将执教数十年的讲课录音、录像资料从温哥华运回了国内。"我回来当然很衰老了，不过我还有未完的志意，我希望继续努力地工作下去，希望能够把中国古代文化所遗留的精华，中国古代诗人词人的生命、理想、志意、品格带着鲜活的生命流传下来。"

在这座古色古香的小楼里，叶先生生活、科研、教学、办公……每天清晨六点半起床，凌晨两点左右睡觉，叶先生的辛勤"耕耘"，堪比陶渊明的"晨兴理荒秽，带月荷锄归"。陶渊明的田园在南山下，叶先生的田园就在她身边。

第七章 「为人」之学

"颠倒"之美

叶嘉莹先生说过:"任何一个人,他所感受得最深,知道得最清楚的,是跟他自己的生命相结合的一些事物,所以在一开始写作时,总会多少带有一点自己的投影。"

她早期的诗词评赏之作,如《说静安词〈浣溪沙〉一首》《几首咏花的诗和一些有关诗歌的话》《从李义山〈嫦娥〉诗谈起》和《从"豪华落尽见真淳"论陶渊明之"任真"与"固穷"》,都带有自己的投影,是"为己"的学问。

从1957年撰写《温庭筠词概说》起,她渐渐从自己个人情感中跳出来,多了理性的思辨。而真正把"为己"之学转向"为人"之学,则是从20世纪60年代写作《杜甫〈秋兴八首〉集说》开始的。

中国精神 我们的故事

讲诗的女先生
——中国古典诗词专家叶嘉莹的故事

"诗圣"杜甫的诗，历来是各种注本最多的。叶先生发现，从宋、明、清以来，杜甫诗各种版本不同的注释之间有一些问题："例如，'征西车马羽书迟/驰'，是迟到的迟呢还是奔驰的驰？不同的版本文字不同，解说也有不同。例如'同学少年多不贱'，有的认为'同学'是指杜甫少年时的同学，有的认为是指现在这一批年轻人他们所共同的学习方向。"叶先生于是就想把它们整理出来，看看哪个版本是对的，哪个版本是错的，哪个解释是对的，哪个解释是错的，要分析出个所以然出来。叶先生那时在台湾大学和淡江大学都开了杜甫诗的课，为了教书，她把二三十种不同的说法都搜集起来了。

但写《杜甫〈秋兴八首〉集说》又不仅仅是为了自己教书或为了给古典诗词研究者提供一本参考书，还为了给台湾正在进行的传统诗人跟现代诗人的笔墨之争提供一些自己的看法。那时，台湾文坛上开始流行现代诗，受西方文学以晦涩为美的风气影响，台湾的现代诗大都写得晦涩难懂，颠倒不通。习惯于旧传统的文人很不喜欢这样的诗,认为"连话都说不通,怎么就变成诗了呢","是故意制造让人看不懂的东西遮掩他们的肤浅"。

在这场争论中,叶先生之所以写《杜甫〈秋兴八首〉集说》,是因为《秋兴八首》中有些语法就是颠倒的,有些意象就是费解的。是杜甫"连话都说不通"么?是他"故意制造让人看不懂的东西"么?那他究竟为什么这么写呢?

《秋兴八首》里有一句"香稻啄余鹦鹉粒,碧梧栖老凤凰枝"。当年胡适之写《白话文学史》时曾说,杜甫这些诗都是难解的诗谜,就是拿诗制造一些谜语,句子也不通,人家根本看不懂。"香稻啄余鹦鹉粒",香稻没有嘴怎么能够啄呢?"碧梧栖老凤凰枝","栖"是落下来的意思,有脚才能落下来,碧梧没有脚怎么能栖落呢?所以应该倒过来,变成"鹦鹉啄余香稻粒,凤凰栖老碧梧枝"才对。对此,叶先生不这么看,她认为,杜甫的颠倒有颠倒的道理。我们来听叶先生的讲解——

"《秋兴八首》所写的都是杜甫在四川夔府怀念长安

的感情，第八首写的是怀念当年长安所有美好的景物，有昆吾亭、御宿川、紫阁峰，长安除了这些山水美丽的景色，还有什么呢？还有长安的富庶。长安在中国的北方，北方不是盛产水稻的地方。可是长安的近郊渼陂这一带有很多水，这里是种水稻的，渼陂出产的稻子是最好的。杜甫要写长安当年的富庶，所以说'香稻啄余鹦鹉粒'，'香稻'是一个名词，'啄余鹦鹉粒'是一个形容的短句，它是可以颠倒的。香稻不但好吃，而且很多，多到可以拿它去喂鹦鹉，鹦鹉都吃不了。杜甫不说'凤凰栖老碧梧枝'而是说'碧梧栖老凤凰枝'也是这样。查一查长安县志你就知道，长安附近渼陂这一带的路上种的都是梧桐树，这是当时真实的景物。梧桐树碧绿碧绿的，非常美。美到什么程度？美到连凤凰都愿意落在这里，终老在这里再也不走了。所以杜甫说'碧梧栖老凤凰枝'，'碧梧'是名词，'栖老凤凰枝'是形容碧梧美丽的短句，也是可以颠倒。他的重点在'香稻'，在'碧梧'，因为这样才能增强香稻的多、碧梧的美。杜甫这里的颠倒，是有他的道理的。"

以杜甫诗的"颠倒"反观现代诗的"颠倒",叶先生指出:"好的现代诗作者,他的颠倒是有道理的,其颠倒结果带来了一种诗歌感发效果;反之,如果是故意写得让人看不懂,那就是不好的。"

除"颠倒"之外,叶先生又发现了《秋兴八首》的另一个特色,那就是诗中的意象往往可以超越现实。比如"昆明池水汉时功,武帝旌旗在眼中。织女机丝虚夜月,石鲸鳞甲动秋风",杜甫由昆明池而思及汉武之功,并由昆明池之兴废,而感慨古今之兴废。其中那句"织女机丝虚夜月",讲的是昆明池旁有个织女的雕像,它只是对着天上的明月,而织布机是空的。杜甫干吗要用这个形象呢?

叶先生解释道:"这个形象是写唐朝经过几次战乱以后老百姓生活的贫困。出处是《诗经·大东》上的句子,'小东大东,杼柚(今作"轴")其空',是说周朝时经过战乱之后,人民生活极为困苦,什么都没有,织布机上当然就织不出布来了。"叶先生以此来支持现代诗里漂亮而看似奇怪的"形象"跳接。

叶先生把《杜甫〈秋兴八首〉集说》的写作,称作"一个很笨的工作"。这本书是杜甫《秋兴八首》多个版本的集中比较,之前没有任何人做过,叶先生做的是开创性的工作,这项工作没有捷径可走,当然只能用笨办法,下笨功夫。

叶先生回忆道:"因为我所收集的资料都是宋、明、清的,所有的图书馆都规定清光绪以前的书都属于善本,一律不出借。那时复印机还不流行,台湾'中央图书馆'以及各个大学图书馆都没有复印机,所有的资料都是我一个字一个字地抄下来的。平时我担任三个大学的那么多课,根本没有时间,我是利用暑假的时间,每天到各个图书馆去查书。台湾的暑期非常热,那时台湾很多人还没有私家车,我每天都是挤公共汽车去的,一挤一身汗。我这个人要做一件事情,真是下死功夫去做。为了写这本书,我所付出的辛苦和劳累是可想而知的。"

将"为己"之学转变为"为人"之学,叶先生渐渐有了一种觉醒。等她到了海外以后，对中华文化传承更有了主动的关怀。叶先生认为有两个原因：一是她在中西文化对比中越来越感受到中华传统文化的宝贵，她不愿意看到古典诗词被曲解、被冷落；二是随着年岁的增长，她自然想到了该怎样把这些文化传统延续下去。叶先生说："个体生命的传承靠子女，文化传统的传承靠年轻人。既然我们从前辈、老师那里接受了这个文化传统，就有责任传下去。如果这么好的东西毁在我们手里，我们就是罪人。"叶先生认为，生命的意义就在于传承。"孔子去世之后，他的学生赶快把老师的学说整理成一部《论语》，就是想把孔子的学说传承下去，他们果然做到了。到现在都两千多年了，不是还影响着我们吗？"

1967年寒假，美国汉学界在维尔京群岛召开了国际汉学会议。此前，叶先生的研究对象不管是温庭筠、吴文英的词，还是杜甫、陶渊明的诗，关注的都是具体的作品，而叶先生为这次国际汉学会议提交的论文是《常州词派比兴寄托之说的新检讨》，这意味着叶先生跳出了单首的诗人诗作、词人词作,而从更高的一个视角,展开了对整体词学理论的探索。她在这一新领域,又将有哪些建树呢?

词之「弱德」

叶先生在词学理论研究上一个很突出的学术成果是，将词的美感特质归纳为"弱德之美"。

初中时，母亲曾送她一套"词学小丛书"，叶嘉莹对其中收录的李后主、纳兰成德等人的短小令词十分喜爱。参照诗歌的声律，她无师自通学会了填词。

"词学小丛书"末册附有王国维先生的《人间词话》。王国维认为，宋人写的诗，不如写的词真诚。他还说，"词之言长""要眇宜修"，意思是词给人长久的联想和回味，具有一种纤细幽微的女性美。他认为，"词以境界为最上，有境界则自成高格，自有名句"。但"境界"究竟是什么？王国维没有说。

中国精神 我们的故事

讲诗的女先生
——中国古典诗词专家
叶嘉莹的故事

王国维的《人间词话》和张惠言的《词选》，是对后人影响最为深远的两种词说。尽管在很多看法上各有分歧，但对于词有言外之意的美感特质，两种都认同。到底是一种什么美？两者又都没有说清楚。

"词非常微妙。"叶嘉莹介绍道，"诗是言志的，文是载道的，诗和文所写的都是显意识的，但词不过是歌筵酒席上交给歌伎们去演唱的歌辞，不受政治和道德观念的约束，内容大都离不开美女和爱情，被称作'艳词'。大家一开始认识不到词的价值与意义，以为都是游戏笔墨。"北宋书法家、文学家黄庭坚曾写过"艳词"，禅师法云秀劝他"诗多作无害，艳歌小词可罢之"，黄庭坚答："空中语耳！非杀非盗，终不坐此堕恶道。"意思是那些不过是游戏笔墨的"空中语"罢了，我又没有杀人、偷盗，终不至因此坠入地狱吧。南宋诗人陆放翁曾说过："我少年的时候不懂事，写了一些小词，应该烧掉的，不过既然已经写了，就留下来吧。"

词之缘起是受了外来音乐的影响，敦煌曲子词是它的前身。词流行于市井里巷，但正是因为摆不上台面，所以直到三百多年以后的五代后蜀，才出现最早的词集《花间集》。此后一路发展，经过两宋的盛行，名家辈出，明代的词少有佳作，清代时走向中兴。清代词人张惠言认为，词可以道出"贤人君子幽约怨悱不能自言之情"，有言外引人联想的感发作用。

这就对判定词的好坏给出了一个标准，那么多写美女和爱情的词，其中能给读者以丰富联想的，就是好词。叶嘉莹说："任何文学作品，都是内涵越丰富越好。比如《红楼梦》，每个人都可以从中读出他自己的一套道理来。"

只是，词的言外的情致，却很难形容，正如张惠言的继起者周济所言："临渊窥鱼，意为鲂鲤；中宵惊电，罔识东西。"意思是：你在深渊边，看到水里有鱼在游，但看不清楚是鲂鱼还是鲤鱼；半夜被闪电惊醒，却不知道闪电来自东面或西面的方向。

叶嘉莹先生并不满足于这样的模棱两可。无论是鉴赏，还是讲解，都对她提出了新要求。从20世纪60年代至

21世纪初,她结合词作,对传统词话和词论进行更细微的辨识,更深入的反思,更切身的体认和更全面的发展,将词的美感特质提炼为"弱德之美",从而给予词应有的文学地位。

叶先生认为,没有显意识的言志载道,这个最初让词比诗文地位卑微的原因,恰恰也是词最大的优势。写词时不需要戴面具,反而把词人最真诚的本质流露出来了。在诗文里不能表达的情感,都可以借词委婉表达。比如,温庭筠仕宦不如意的失志之悲,冯延巳深感国势岌危而不能挽救的烦乱之情,辛弃疾壮志难酬的苍凉沉郁之怀,凡此种种,都有一种难言之处。"弱德",是贤人君子处在强大的压力下仍然能有所持守、有所完成的一种品德,这种品德自有它独特的美。"弱"是指个人在外界强大压力下的处境,而"德"是自己内心的持守。"行有不得反求诸己(意思是事情做不成功,要从自己身上找原因)","躬自厚而薄责于人(意识是反躬自省,少责备别人)",这是中国儒家的传统。

以"弱德之美"反观叶先生的一生,经历了国破之哀、亲亡之痛、牢狱之灾、丧女之祸,却能够遇挫不折,遇折不断,瘦弱之身躯裹着一颗强大的内心,自疗自愈,同时传递出向上之精神意志,这不正是"弱德之美"的最好诠释么?

薪尽火传

南开大学迦陵学舍的门廊里,除了陈列有叶先生的《迦陵文集》《王国维及其文学批评》《迦陵论诗丛稿》《迦陵论词丛稿》《唐宋词十七讲》等著作和奖杯、证书之外,还有师友、故人留给她的墨宝、旧物,更有她的老师顾随先生留给她的念想——几张她就读辅仁大学时顾先生为她批改的作业,顾先生所著《顾随文集》和根据顾先生当年讲授诗词的听课笔记整理出来的《驼庵诗话》。叶先生平生最骄傲的事,并非自己学术上的著书立说和各种荣誉,而是帮助整理出版了《顾随文集》和《驼庵诗话》。

叶先生大学毕业一年以后的1946年7月13日,顾先生给她写了一封信:"……年来足下听不佞讲文最勤,所得亦最多。然不佞却并不希望足下能为苦水传法弟子而已。假使苦水有法可传，则截至今日，凡所有法，足下已尽得之…不佞之望于足下者，在于不佞法外，别有开发，能自建树，成为南岳下之马祖，而不愿足下成为孔门之曾参也。然而'欲达到此目的'，则除取径于蟹形文字外，无他途也……""足下"和"不佞"分别是对对方的尊称和对自己的谦称，"苦水"是顾先生的笔名。顾先生希望叶嘉莹能成为"别有开发，能自建树"的"南岳马祖"，而不是亦步亦趋、墨守成规的"孔门曾参"。他还常常引用佛家的说法，"见与师齐，减师半德；见过于师，方堪传授"，意思是你的见解跟老师一样了，你就把老师的功德减少了一半；你的见解若比老师更高明，那这样的学生才是值得传授的。由此可见，顾先生对既聪慧又勤奋的叶嘉莹寄托了很高的期望。

顾先生在这封信中给叶嘉莹指了一条路——想要别有开发，"除取径于蟹形文字外，无他途也"。"蟹形文字"是对欧美各国拉丁语系文字的旧称，顾先生认为唯有借助英文等外语，对古典诗词的研究才能另有建树。对顾先生的这个建议，时年二十二岁的叶先生是很难体认的。

"老师虽然鼓励我要好好学外文，可在沦陷区，我并没有好好学英文的机会。我毕业以后直接去教中学的语文课，再也没有读过什么外文书。"叶先生话题一转，"但天下的事情，因缘际会真是很难说。"

渡台、赴美、留居加拿大，从英文基础很不好，到用英文在UBC大学讲授公开课，叶先生说，这都是逼出来的。"当我用英文教书的时候，我同时旁听英国文学、西方文学理论等课程，查着字典啃下了一本本相关书籍。后来我就发现，我老师说的话果然是有道理的。"

叶先生借用西方文论，来解释中国古典诗词的某些特质。比如，她参考伊塞尔的"接受美学"，为小词中微妙的境界起了个名字，即Potential effect，译成中文或可称作"潜能"。在中西方理论的基础上，叶先生完成了对小词"弱德之美"的系统阐述，使中国传统词学理论得以升华。

"别有开发，能自建树"，叶先生今天的成就，早已达成了顾随先生当年对她的期待。可顾先生却看不到了。

叶先生半生飘零,当她1974年第一次回国时,顾先生是她最想见的人。那时,叶先生已经发表过不少论文,台湾和香港已经出了几本评鉴古典诗词的著作,她想把这份"成绩单"交给顾先生,哪里想到,顾先生早在1960年就去世了。看到老师一本著作都没有留下来,只有他早年自费印制、装订成册的几本词集,叶先生心酸不已,她当时就产生了搜集整理老师文稿的念头。

1977年,叶先生第二次回国,"文革"已经过去,国内的政治环境相对宽松。叶先生发愿,一定要竭尽全力,与各位同门好友一同搜集整理顾先生的作品。她在察院胡同的老房子里,召集了当年辅仁大学的老同学,一起商量搜集之事。

新中国成立后,辅仁大学并入了北师大,叶先生便又去北师大,请中文系帮助查找有无顾先生的著作,结果什么都没有找到。那次,叶先生是带着丈夫和小女儿一同回国的,女儿小慧看到妈妈那么执着,很不理解:"我妈真是

麻烦人,这么多年了,还让人家找这找那的。"叶先生的弟弟在一旁说:"小慧你不知道,你妈妈跟她老师之间的那一份师生情谊,这对她有多重要!"

1979年叶先生回南开大学教书后,辗转得知,顾先生曾有段时间在河北大学教书,他去世后,同在该校教书的辅仁同学高熙曾与顾先生的女儿顾之京曾一起整理过顾先生遗作。叶先生找到高熙曾时,他已经生病住院,不会说话了。后听说顾先生遗作已交给天津百花出版社,但百花出版社又说已将遗作还给了高先生。

毫无头绪之际,叶先生在南开大学中文系的同事、顾先生在河北大学教书时的学生王双启先生提供了重要线索,他隐约记得天津的老报纸上登过顾先生的《稼轩词说》《东坡词说》,于是带了叶先生一同去图书馆翻找旧报纸……1984年,四十余万字的《顾随文集》编订完成,两年后由上海古籍出版社出版。

《顾随文集》的附录里,有一部长达七万余字的《驼庵诗话》,出过单行本。《驼庵诗话》是顾随之女顾之京根据叶先生当年听顾先生讲课的八本听课笔记整理的。当年的同班同学看到《驼庵诗话》时惊呼："当年没有录音，这笔记简直就像录音一样。"

叶先生感慨："如果我当时没有记笔记，或者没有保存下来，那这一册世界上非常宝贵的东西就失落了。"从1948年起，叶先生从北京到上海、到南京、到台湾，之后到美国、到加拿大……几十年颠沛流离，她自己很多东西都完全失落了，这八大本笔记及很多活页听讲笔记从来不敢托运，必随身携带。在她的观念里，"那些衣服和印刷的书都是身外的东西，没有了可以再买，可是我所记的老师的讲课笔记，是'宇宙之唯一'，是绝对不能丢的"。

叶先生回忆道："顾先生不仅有着深厚的中国古典文化的修养，而且具有融贯中西的襟怀，加上他对诗歌有着极其敏锐的感受与深刻的理解，所以他在讲课时往往旁征博引、兴会淋漓，那真的是一片神行。我虽然从小就在家诵读古典诗词，却从来没有听过像顾先生这样生动深入的讲解，他的课带给我极深的感受与启迪。"从此以后，凡顾先生开的课，叶嘉莹都会选，甚至毕业以后，她已经去中学教书，仍然经常赶往辅仁大学和中国大学旁听顾先生的课。

作为一名听顾先生讲课六年之久的学生，叶先生认为，顾先生的最大成就在于他对古典诗歌的教学讲授。"先生其他方面的成就往往有踪迹可寻，只有他的讲课，纯以感发为主，全任神行，一空依傍，是我平生所接触过的讲授诗歌最能得其神髓，而且也最富于启发性的好教师。每到上课，我心追手写，盼望能将先生之言语记录得一字不差。"《驼庵诗话》是叶先生凭一腔痴心和赤诚而"抢救"下来的文化瑰宝。

除《驼庵诗话》外，叶先生还"抢救"下来一件宝物。到了海外之后，叶先生认识到古诗吟诵的重要性，于是请求她在台湾的老师戴君仁先生用最正宗的吟诵录下了一卷带子，包括古近体、五七言诗。戴先生不顾年事已高，把通篇的《长恨歌》和杜甫的《秋兴八首》从头吟到尾。这卷记录了最传统的吟诵方式的录音带被叶嘉莹带回国内，送给从事吟诵推广的朋友。多年后，在考察一家幼儿园时，叶嘉莹惊喜地发现，小朋友吟诵时用的正是当年戴君仁先生的音调。

1999年，叶先生将加拿大UBC大学的退休金的一半捐献出来，在南开大学中华古典文化研究所以她的老师顾随先生的名号设立了"驼庵奖学金"，既是对老师的告慰，也希望学子们透过"驼庵"的名称，担任起新一代薪火相传的责任。叶先生曾在一封信中说："人生总有一天像火柴一样化为灰烬，如果将这有限的生命之火点燃起其他的木柴，而使之继续燃烧，这火种就会长久地流传下去，所以古人常说'薪尽火传'，如果到了那么一天，我愿意我的生命结束在讲坛上……"

叶先生曾在两首《鹧鸪天》中自问自答："……梧桐已分经霜死，幺凤谁传浴火生……柔蚕枉自丝难尽，可有天孙织锦成。""不向人间怨不平，相期浴火凤凰生。柔蚕老去应无憾，要见天孙织锦成。"她把古典诗词喻为织出来的"锦"，把她的后继之人喻为"天孙"，也就是织女。

前一首中,"柔蚕枉自丝难尽"是因为不知道"锦"能不能织成;后一首中,"柔蚕老去应无憾"是因为相信"天孙"会把"锦"织出来。前一首担忧,后一首乐观。而她能做的,就是吐尽最后一根丝:传道授业、培养学生、整理书稿……不断把年轻人接引到古典诗词的美丽世界中来。

"我已是强弩之末了,不知道能讲到哪一天。"叶先生说,"哪天我讲不动了,他们/它们还在。"她几十年的讲课资料和几千小时的讲课录音,正在学生们的协助下被陆续整理出来……

附录

我要把中国诗词带向世界

题

记

先出后进，乘坐电梯的公共规则。

电梯一开，电梯里的母女三人，妈妈邓路和女儿张元昕、张元明，只是让到梯厢两侧，摁住开门键，并扶好电梯门确保完全敞开，欠身邀请等电梯的老人先进来，点开老人要去的楼层，道别，这才退出电梯。

规则之上，她们守的是伦常。《论语》中，孔子讲解"绘事后素"之后子夏有一句联想："礼后乎？"既然只有在素色的底子上才能绘制绚丽的图案，那么是不是也得先有仁爱、尊敬之心，外在的礼节才能彰显出来呢？母女三人谦谦言行的背后，不正是尊老敬老的伦常么？

伦常，也是张元昕在微信朋友圈经常分享的内容：感

讲诗的女先生
——中国古典诗词专家
叶嘉莹的故事

激师恩，推崇孝道，赞美善举……反倒见不到她天天写的诗词，以及谈诗论道。这是诗人的微信么？不像是，但也是。"诗言志"，学诗即做人。古诗里的真善美，心向往之的真善美，眼睛里的真善美，未必划分得一清二楚。

诗人，那不过是别人对她的关注点罢了。十岁出版诗集《莲叶上的诗卷》，十三岁以美籍华裔留学生身份被破格录取为南开大学文学院本科生，十五岁获首届"诗词中国"传统诗词创作大赛青少年组特等奖。当别人关注张元昕成长经历中种种不可复制之处，乃至以"神童"来形容她时，她更愿意谈论"诗教"。若更多的人把中国古典诗词作为蒙学以及一生的伴侣，那么，她认为自己可以被复制。确切说，诗词馈赠给人生的精彩可以复制。

弘扬"诗教"，是她从八岁起就确立如今越来越清晰的人生目标。"中国是我心灵的故乡，美国是我生长的故乡，我对两边都有责任，我要把中国的诗词带给全世界。"说这句话时，十七岁的张元昕充满底气。

越过大洋的课

天津,南开大学西南村,中国古典诗词专家叶嘉莹先生的居所。

每周六上午,文学院的博士生们聚在这里,听年逾九十的叶先生讲课。硕士一年级的张元昕每课必来,她的硕士生导师就是叶先生。自2011年秋成为文学院本科生,元昕已连续听了叶先生近四年的博士生课程。

"今天我们讲解《滕王阁序》,牛牛你先把全文念一遍。"叶先生习惯称呼爱徒的小名。

元昕答:"好。我其实可以把它背出来。"

"那你就背。"

背得一字不差。

中国精神 我们的故事
——中国古典诗词专家叶嘉莹的故事
讲诗的女先生

叶先生又让元昕诵读苏轼的《八声甘州·寄参寥子》。今声古韵，平长仄短，依意行腔。

叶先生赞许道："牛牛把什么都学会了。"

能跟随叶先生学诗词，张元昕将此视作人生大幸。

第一次"看见"叶先生，是在2007年，张元昕九岁时。正在美国纽约上小学的她，通过卫星电视收看央视的《大家》栏目，那一期，叶先生是主角。先生自1990年从加拿大不列颠哥伦比亚大学退休后，依然执鞭杏坛，在南开大学文学院创办了中华古典文化研究所。

打动小元昕的，不仅是叶先生讲诗讲得好，还有一句话——先生不顾劳累、腰伤、咳血，坚持授课，说："即使我倒下去，也要倒在讲台上。"

"这句话让我心里一震。这究竟是怎样一种信念啊？"看完节目，小元昕很郑重地告诉家人，"我一定要跟这位老师学诗。"

那会儿，在外公外婆的开蒙下，元昕已经会背1500首古诗,自己写诗填词600多首。次年暑假,她的第一本个人诗集《莲叶上的诗卷》在上海文艺出版社推出,成为该出版社历史上年龄最小的作者。借新书发布会之机,回到祖国的元昕想随母亲绕道天津,去南开大学拜望叶先生,行前先寄去一信。信辗转至正在加拿大的叶先生手中,叶先生的家在加拿大,她每年都会回去几个月。叶先生回信道:"元昕如此爱诗,甚为难得。其所作亦有可观,只可惜未习音律,如有机会见面,我可当面为她讲一讲。"

接下来的春假,母女三人真的就去了温哥华。2009年4月11日,在加拿大不列颠哥伦比亚大学亚洲系图书馆的三层,叶先生把她们叫到逼仄办公室外的方桌子前,摊开纸,画上代表平声的横和代表仄声的竖。"见面第一天,她就手把手的,把最重要、最基本的格律教给我,经历一段时间的练习,我以后写的诗就完全符合格律了。"

整个春假,十天,母女三人每天都去图书馆看书、写心得;走廊那头,叶先生正在那间没有窗户的小办公室里和古人"交往"。中午十二时,她们扶着先生去地下室吃饭。先生的午餐是自带的三明治，没有肉，没有果酱，小罐子里装着烫过的蔬菜，还有一个橘子。日复一日简单且相似的饮食让先生不以为意："吃是为了活着，活着不是为了吃。"

这之前，小元昕只知道诗词能对一个人的内心产生作用，但不知道经过一生的积累，那个人会是什么样的状态。叶先生让她看到了。"先生吃简单的饭菜，住矮小的房子，但她的力量居然那么大，可以影响地球另一边的人。"

一天中午，叶先生给元昕讲解谁是第一流的诗人。陶渊明任真、固穷，没有和别人攀比的心，写诗只是为了表达自己的志，他的这种向内的追求正是马斯洛需求层次理论中最高的那一层——自我实现。说到这里，先生用钢笔在餐巾纸上写下了"自我实现"的英文单词"self-actualization"。

这年暑假，母女三人再次去温哥华。叶先生有位弟子，经常邀请先生去他温哥华的家中给诗词爱好者们讲课。在那里，元昕第一次知道了苏东坡的《杨花词》和

"乌台诗案",第一次知道词具有"要眇宜修""言有尽而意无穷"的特质。她还旁听了叶先生的《人间词话》七讲,了解到有些词人的风格尽管看上去很类似,其实大有不同,比如冯延巳词有"执着的热情",晏殊词有"圆融的观照",欧阳修词则有"遣玩的意兴"。

一次去天津,两次到温哥华,考虑到这样太辛苦,叶先生建议元昕报考南开大学。2011年秋,元昕以留学生身份入学南开大学。三年读完本科,2014年考上硕士。

从张元昕九岁起那句"我一定要跟这位老师学诗",到此后不辞艰辛、义无反顾地追随,旁人总忍不住感慨代价之大和意志之坚。为照顾年幼的女儿一起常住天津的邓路却从未有过半点迟疑:"叶先生的学问和人品是融为一体的。她们那么小,一定要入芝兰之室。"张元昕说:"叶先生让我懂得,经典不光是用来背的,更是用来做的。叶先生是诗词的化身,言传身教,身教胜于言传。"

穿过古今的诗

南开大学西南村,张元昕一家租住的小两居,距离叶嘉莹先生居所仅数百米。

妈妈邓路,20世纪80年代去美国读书,后来在曼哈顿的华尔街工作,结婚,生女,把父母接去美国。

纽约,邓路曾经的他乡,如今成了女儿张元昕的故乡。西方的文化,对元昕来说不存在任何隔膜感,但她知道自己的不同。她在学校说英文,在家里说中文。做完学校的作业后,外婆就教她古诗词。

诗词,既是心灵滋养之源泉,又是情感倾泻之溪流。她常常从屋外奔回来:"我要写诗!不写不行了,要流出来了!"庭院里的樱花,上学路上的清风,郊游途中的野蜂，一一走入她的诗词。大人夸赞时，她仰着脸问："算名句吗？"2005年3月9日清晨，元昕一起床就兴奋不已："我梦到白居易老爷爷了！"那年她七岁，她怎会想到，六年之后的2011年，她竟然来到白居易的故乡，久久驻留。

白居易的故乡也是元昕的故乡么？那么多的诗人词人，曾在这里高兴过悲伤过，灵魂在土里安放，诗词在世间流传。"我能感受到强大的'场'。"张元昕将中国当作心灵的故乡。

（一）老祖先多么爱护我们的后代

元昕的外公外婆，是爱好古典诗词的学者。"文革"期间被打成"封资修"，"文革"结束后，又全身心投入诗词的编撰工作。"诗词是他们生命的一部分。过去他们虽在教育部门，而在视中国传统文化为粪土的年代，他们只能在被批斗后稍歇息时才能与诗共生息。"对父母的这份执着，经历文化断层的邓路无法理解，"我那会儿好讨厌中国传统文化，看书、听音乐都选西方经典。"

中国精神 我们的故事 ——讲诗的女先生 中国古典诗词专家叶嘉莹的故事

邓路去了美国，边读书边打工。她被一个美国人请去，照顾他那在老人院摔了一跤的母亲。很多子女把父母送进老人院，就不闻不问了。平安夜，老人们眼巴巴守在电话旁边，却等不来家人的一句问候。哪位老人若是被孩子接出去吃了一顿饭，哇——就会成为整幢楼的大新闻。邓路照顾的老太太叫玛瑞亚，是老人院里唯一一个由子女请专人来照顾的。每周三，老人们聚在一起玩一种叫Bingo的填字游戏。玛瑞亚不会玩，但每回都让邓路搀着去，只是坐在那里，百听不厌大家对她的羡慕和对她儿子的赞美。

"我愿意以后这样吗？我愿意我的孩子也这么度过晚年吗？一个不懂感恩的人，难道会幸福吗？"老人院的所见所闻触痛了邓路。"身为中国人，出去转一圈，我才知道我们的祖先多么有智慧，多么爱护我们的后代。"

把最好的教给孩子吧！邓路选择把承载中国传统文化的古典诗词作为孩子的胎教和蒙学。当不少ABC（America Born Chinese，在美出生华裔）普遍讨厌学中文时，古典诗词是张元昕、张元明姐妹每天课余时间的必修课。

姐妹俩上小学时，小布什政府推行了"No Child Left Behind（不让一个孩子掉队）"的教育方案。每个孩子都要背个大袋子，里面装着他这个年级"必读"的书。"必读"书的筛选却很不靠谱。据邓路讲，她亲眼见到有个家长指着一本书问老师："这怎么回事？"那个老师"啊"地叫了一声，立即把书丢进垃圾桶——那是一本有着性指向的少儿不宜的书。

据当时一份调查，美国有四五成的小学生"不具备基本的阅读能力"。但这对于元昕来说，可谓小菜一碟，她三年级就背上了六年级的"袋子"。

把西方的图书和中国的古诗作比较，张元昕认为："一本书能讲明白的，用一首诗就讲明白了，诗是浓缩的精华。背诗能让我和古人心心相通，触动我灵魂深处的东西。"

小学时，她曾写过一篇随笔《三穷三富》，"三穷"是没有名牌、没有手机、没有游戏机，"三富"是认真、勤奋、背了很多诗。诗，已然成为她取之不竭的人生财富。

（二）手里的诗和眼前的景是一致的

无一日不学诗。在旁人臆想中，这似乎是需要毅力维持的；对元昕来说，诗就是生活，她融在其中、乐在其中、醉在其中。从学前班开始，每天十分钟的上学路上，她至少能背一首诗。

瞧，手里的诗不就是眼前的景么？从春季的"草色遥看近却无""一汀烟雨杏花寒"，到夏季的"绿树阴浓夏日长，楼台倒影入池塘"，从秋季的"秋空雁度青天远，疏树蝉嘶白露寒"，到冬季的"花雪随风不厌看""一片飞来一片寒"。春去秋来、日升月沉、风吹雨打、花开叶落、鸟鸣蝉嘶……古人将它们融入诗，她又循着诗打量它们。

这些诗是外婆为她选的。"为儿童选诗不但要有诗心，还需要童心……要能够打动孩子幼小的心灵，或者引起他们的兴趣。这样长期熏染，才能达到诗教陶冶性情、美化心灵的作用。"《莲叶上的诗卷》后记中，元昕的外婆这样写道。

在天津租住的家里，元昕从书柜里搬出外婆为她编写的儿童古诗家庭读本。有半尺来高，是 A4 纸装订成的一本本册子。扉页上分别写着代表不同类别的"四季更替""日月风云""花草树木""孝亲重谊""惜时爱学""山岳漫游""爱国壮志"……翻开来,是用钢笔工整抄录的诗文和注释。"这只是一小部分,大部分在美国的家里。"

这套读本是外婆在浏览古诗藏书的基础上,按照"浅(浅显易懂)""近(贴近生活)""活(富于变化)""细(细致入微)""亲(亲身体会)""类(分类汇总)""教(培育品格)""纯(纯净美好)"八大原则自选自编的。

比如在读到唐朝于良史的《春山夜月》时,外婆就把元昕、元明带到月光下的院子里,让她们把双手掬在一起,倒满水,问:"看到什么啦?"

两人争着回答:"月亮!""月亮在我手里!"

外婆这时告诉她们:"这就是'掬水月在手'。"

"我懂啦!我懂啦!"

元昕摘下几片花瓣放到衣服上:"这叫'弄花香满衣'吧?妹妹快过来闻闻,我的衣服香不香?"

这样的月夜,是景,是诗。

这样的每一天，是诗，是生活。

（三）学诗和做人是同步的

"温柔敦厚，诗教也"，孔子最早提出"诗教"。在此之前，作为"诗教"原初的"乐教"，则可透过《尚书·尧典》中的"帝曰：'夔，命女典乐，教胄子。直而温，宽而栗，刚而无虐，简而无傲。诗言志，歌永言……'"追溯至舜帝是如何把诗与乐结合在一起，对年轻人提出了修身的要求，即正直而温和、宽厚而谨慎、刚毅而不粗暴、谦恭而不傲慢。

"舜帝说'诗言志'，我读了那么多诗，读的不都是古人的志嘛。如果古人的诗不真诚、不高尚，又怎么可能流传下来，打动我？"元昕说。

元昕、元明的健康成长，让妈妈邓路无比欣慰。"学诗和做人是同步的。我从来都不需要专门跟她们讲大道理，诗会告诉她们怎么与天地万物打交道，自然会让她们感情丰富、心灵纯美、勤奋上进、礼敬他人……"

诗词让元昕更懂孝悌。四岁时，读到清朝董元恺的《八节长欢·题负母看花图》，"母病新痊，体加尝膳……

还愁老眼，看花似雾，膝前移向花前……"，元昕体会到了诗人照料病母的无微不至。她学着诗人的样子，跪膝躬身："妈妈，我也背您去看花吧！"

诗词让元昕更怀忠爱。五岁时读到花蕊夫人《述国亡诗》中的"十四万人齐解甲，更无一个是男儿"，她跟着生气了，转念又说："要是花蕊夫人知道隔了一千多年，还有个牛牛和她一样气愤，她会高兴吗？"六岁时学习陆游的《十一月四日风雨大作》："僵卧孤村不自哀，尚思为国戍轮台，夜阑卧听风吹雨，铁马冰河入梦来。"元昕读了三遍之后突然说："我开窍啦！我是陆游的知己啦！"之后又读到杜甫《登岳阳楼》中的"凭轩涕泗流"，元昕很感动："我知道杜甫老爷爷是为国家多难、天下人受苦才哭的。我要学杜甫老爷爷，为别人想，关心国家。"

诗词让元昕更知关怀。每次读到李德裕《雪霁晨起》中的"谁怜孤老翁"，她都会改念成"我怜孤老翁"。七岁时，她为阶下枯草写诗："寂寞台阶下，枯草久不生。只因光不照，久久苦待春。"哪怕是路边的落叶，她都不忍心踩踏,"因为夏天时,它曾为我们送过阴凉"。

诗词让元昕更惜光阴。八岁时,她写下《惧成方仲永》:"方子天才五岁赋,不学二十成凡夫。我今虽作诗三百,惧成仲永悔时哭。"九岁时,她写下《自度曲·光阴》:"仰俯之间,又度一年。抬头问苍天,蟾蜍亏复圆。忆得万古苍烟,历代远似天边。不松且可为诗仙,抓紧应能成圣贤。"元昕说:"古今中外那么多伟大的诗人,好比原始森林,而我只是一棵小草。"

诗词让元昕更有持守。在诗词里,她知道了各种各样的苦难,尽管自己没有遇到过,但古人们已经教给她在这些苦难来临时该如何面对。"只要你拥有'云散月明谁点缀?天容海色本澄清'的旷达,那么不管是'白雨跳珠乱入船',还是'黑云压城城欲摧',到了最后,总会'云散月明'。"元昕说她会像苏东坡一样,以不变的赤诚面对世间万变。

"就像叶先生一样,经历那么多坎坷,依然还有'心头一焰'。"

通向明天的路

南开大学马蹄湖边,元昕和师哥师姐们正在湖边挂小卡片,上面抄着一首首与荷花相关的诗词。读诗,赏荷,成为夏日南开大学的雅趣。

在马蹄湖边挂荷花诗,在敬业广场挂海棠诗,在西南村挂桃花诗……随着季节的不同,为盛放的鲜花挂不同的诗,这是南开大学刚刚通过项目评审的"诗韵花魂"活动内容。项目发起人就是张元昕。

花只是一个契机,元昕的愿望是,用心装点着她钟爱的南开园,把自然之美、中国古典文化之美传播给更多师生。

如果说"诗韵花魂"折射的是元昕对于南开大学的反

哺心意，那么，深受古典诗词之惠的她，则有一个更大的心愿。

这个心愿最早是在她八岁时许下的。那会儿她们全家都在纽约，祖孙俩一教一学路过灵山寺时，外婆很庄重地问她："牛牛，你愿意以后把中国的古诗词弘扬出去吗？""我愿意。"小元昕干脆地说。

元昕回忆道："说这话的时候，我虽然还小，但真的是发自内心的。"

有缘师从叶嘉莹先生，这让元昕的心愿越来越清晰。"我十一岁时，鉴赏、辨认、批评诗词的体系还没有建立起来的时候，是叶先生手把手的、一砖一瓦帮我砌起来；基本架构完成之后，她又一步步放手，培养我的自学能力；最近，她经常让我做报告，训练我的传授能力。""叶先生采用的是孔子那种'不愤不启、不悱不发'，举一反三，循循善诱的启发式教学方法，我的感受和颜回是一样的，'博我以文，约我以礼，欲罢不能'。"

元昕本打算跟着叶先生一直读完博士，但先生的建议是:"读完硕士,你就上美国读博士,这样就能接受正统的西方学术训练,更利于打通中国古典诗词向西方世界传播的通道。"听从叶先生的建议,元昕已在积极联系美国的大学和导师。十七岁的她,已对未来的事业有了超越年龄的理性思考:"以手指月,指非月。回到美国读博士,是我要达到目标的一个'器'。"

对于中国古典诗词在西方世界的存在,她从来不认为应该是点缀。"如果仅仅把诗词当作一种文学体式的话,那任何国家的诗词在现代文化里都是点缀。但如果把中国古典诗词当作教育,就不是点缀了。它是一种'舟',承载着传统文化的'道',这种'道'教会我们怎样和大自然相处,怎样和他人相处,怎样和自己相处,它难道不是放之四海而皆准的'道'吗?"

所以,她想沿着叶师的路,未来也从事诗词的教学和传播工作,行走于东方和西方,把中国的诗词带给全世界。

(本文2015年8月5日刊于《文汇报》"近距离"专版)

主编简介

李炳银：陕西临潼人，1975年毕业于复旦大学中文系。现为中国报告文学学会常务副会长，中国作家协会研究员，全国报告文学理论研究会会长，《中国报告文学》主编。

作者简介

江胜信:江苏江阴人。现任上海《文汇报》首席记者、高级记者。中国作协会员。著有作品集《风景人生》、散文集《春深更著花》。作品《情洒昆仑,梦回浦江》获首届全国短篇报告文学奖三等奖;作品《方永刚:真情传播真理》获中国新闻奖一等奖。

图书在版编目(ＣＩＰ)数据

讲诗的女先生：中国古典诗词专家叶嘉莹的故事／江胜信著；李炳银主编.－－2版.－－太原：希望出版社，2017.6
（中国精神·我们的故事）
ISBN 978-7-5379-7613-8

Ⅰ.①讲… Ⅱ.①江…②李… Ⅲ.①报告文学－中国－当代 Ⅳ.①I25

中国版本图书馆CIP数据核字(2017)第103677号

中国精神 我们的故事

讲诗的女先生
——中国古典诗词专家叶嘉莹的故事

李炳银／主编　　江胜信／著

出 版 人	：孟绍勇
项目策划	：田俊萍
责任编辑	：田俊萍　宸源雪
复 审	：武志娟
终 审	：杨建云
美术编辑	：韩开文
照片提供	：叶嘉莹　南开大学幼儿园
装帧设计	：山西天目文化传播有限公司
印刷监制	：刘一新　尹时春
出版发行	：希望出版社
社 址	：山西省太原市建设南路21号
邮政编码	：030012
经 销	：全国新华书店
印 刷	：山西人民印刷有限责任公司
开 本	：889mm×1194mm　1/32
印 张	：8
版 次	：2017年6月第2版
印 次	：2017年6月第1次印刷
书 号	：ISBN 978-7-5379-7613-8
定 价	：25.00元（平）

版权所有，侵权必究。